...auf dr Sau naus !

Schwäbische Volltreffer

Neues vom Saitenwurscht-Äquator...
von
Sonja & Wilfried Albeck

Imbressum - oder was mr wissa sott...

Texte und Ideen: Sonja und Wilfried Albeck

Illuschtraziona: Michael Gref

Bearbeitung und Geschtaltung: Sonja Albeck

Druck: Druckerei Scholz, Flein

Erschiena im: Verlag Albeck, Flein

Kirchgasse 14, 74223 Flein
Fax 07131-572661
Internet: www.saitenwurscht.de

...auch dieses Buch ist wieder in der neuen deutschen Rechtschreibung verfasst - etwaige Fehler sind daher beabsichtigt...

ISBN 3-9806999-7-8

Inhalt Seite

Inhalt Seite

Freudenspender

(Vorwort)

Wo entstehen die neuen Denkanstöße, wo finden sich die besten Pointen?
Die Antwort auf diese Frage ist vom Prinzip her ganz einfach: Die größte Fundgrube für alle Geschichten, Gedichte und Betrachtungen, welche sich auch wieder hier im neuen Buch finden, stellt das Leben als solches dar.
Beim genauen Hinsehen, Hinhören und vor allem beim Nachdenken über alles, was um einen herum geschieht, dabei am einfachsten und deutlichsten in der eigenen Familie oder im engen Verwandtschafts- und Freundeskreis, trifft man zuhauf auf Stichworte, Randnotizen, unbedachte Äußerungen und herrliche Eigenheiten. Mitten aus dem Leben entstehen Geschichten - kräftig überzeichnet und haarscharf am Rande des Wahrheitsgehalts, aber immer mit einem Schuss harter Realität.
Denn jeder, so ist der Mensch, lacht gerne und ohne Hemmungen über die Missgeschicke und Unpässlichkeiten anderer, vor allem, wenn man sich dabei immer wieder in den Figuren oder in der Handlung selbst er-

kennen kann. Der beste Humor ist es, über sich selbst lachen zu können, herzlich, befreiend und frisch von der Leber weg, als beste Medizin gegen alle Widrigkeiten des Lebens.
Leider, je nach Standpunkt, müssen manche Personen aus unserem Umfeld ab und zu auch mal den Kopf hin- und für Episoden herhalten. Unseren Lesern und Leserinnen wollen wir an dieser Stelle aber sagen: Niemand wird gezwungen und jeder muss freiwillig seine Zustimmung für unsere Rundumschläge geben.
Vielleicht steckt auch in der genüsslich pointierten Unzulänglichkeit unserer Opfer der wahre Kern unseres eigenen Ichs? Wer weiß - oder Hauptsache, wir wissen es!

Auch die kurzen und nachdenklichen Gedanken, welche bewusst immer wieder als Ruhepunkte eingestreut werden, finden sich im täglichen Leben und sollen den Blick für alle Feinheiten und Zwischentöne schärfen.

So oder so wünschen wir allen Lesern und Leserinnen wieder viel Vergnügen ...

Sonja und Wilfried Albeck

...s'isch ganz gwiß net die „feine schwäbische Art", sich über die Missgeschicke von ondere auszulassa, doch s'macht onnaweg Schpass. Vor allem no, wenn's über sotte, zutiefscht menschliche Begebaheita zu berichta gilt. S' heißt jo au net bloß bei uns im Ländle: Schadafreide isch dia reinschte Freide...

„Die g'sengte Sau"

Mitta in de Sommerferia isch's gwä, wo sich meim Schwoger sei Schwiegermuadr hat bereit erklära lassa, mit ihre zwei Enkela einen ganza Dag lang in an Erlebnispark zu geha. Der Vorschlag isch glei mit Jubelgschrei ognomma worda und den Mut der Oma, in ihrem Alter sich no so a Voantwortung uffzulada, isch mit echter Anerkennung bedacht worda. Wenn i jetz saga däd, dass di Frau für ihr Alter no recht rüschtich gwä isch, wär's vologa. Die Oma war nämlich wirklich so fit wia a Pärle Turnschlappa. Die war bis in'd Hoorschpitza durchtrainiert, geischtich rege, voller Lebensfreude und noch drzua selbschtfahrend. Praktisch dr Fleisch gewordene Albtraum jedr'a Rentakass. Außerdem war des

Kinderentsorgungsogebot a lobenswerte und problemlose Meglichkeit, seine zwei Quengel mol an ganza Dag los zu werda.

So sind se no mitnonder nach Tripsdrill gondelt (so heißt der Freizeitpark zwischa Schtuagert und Heilbronn mittadrin im Naturpark Stromberg-Heuchelberg). Die Oma wird sich wohl scho ebbes drbei denkt haba, dass se mit ihre Enkela ausgrechelt an Bsuach in dera Vognügungsschtätte macha mecht, weil do drin jo dia so genannte Altweibermühl schteht, wo mr alte Weiber bloß a paarmol a lange Rutscha runtersaua lassa muass und am End dann a jung's Mädle drfür kriagt. Also oine von dr Erdoziehung gschteuerte Runderneuerungsolag für Frühruheschtändlerinna und sonschtiche Antifaltacreme-resischtente Lebensobendgenießerinna.

So hat der Vojüngungs- äh Vognügungsdag erschtmol ausgiebich uff der Altweiberrutschboh ogfanga. Vor lauter Nundersausa isch zwar s'Hinterteil langsam heiß worda, aber außer am Hosaboda hat sich weiter koi Fältle glättet. No isch's weiter ganga uff alle Karussell und Apparätla und nix hent se nausglassa. Die drei hent sich oin Kigg um dr ondre geba und's Adrenalin neipfeifa lassa - voll Schtoff! Die waret subber druff und ausglassa wia'd Sau.

Die zwei Mädla hent ihr Oma schier nimme kennt, so isch dia abganga. Die Großmuadr hat's neizünda lassa, dunderschlechtich neizünda lassa, bis - ja - bis so gega halber zwölfe drhoim s'Telefo gschellt hat. Do war no a total uffglöstes Mädle in dr Leitung, wo vor lauter Blärra und Schluchza kaum ebbes rausbracht hat von dem, was passiert gwä isch.

Doch so viel war klar: Dr Oma ging's schlecht und mr müasst se hola! „Um dr Himmels willa, s'wird doch nix Größeres sei!" Also, nix Genaues hent se net gwisst, aber dem Hilferuf einra vozweifelta Tochter darf mr sich net voschließa und so sind also die Eltern wia a g'sengte Sau nach Tripsdrill grauscht. Uff dr Fahrt hent sich die schlimmschte Schpekulaziona breit gmacht: „Sie wird doch net vor lauter „lass mi au mit" aus ma Karussell nausgfloga sei? Womöglich hat se sich's Kreiz ausghengt und des so kurz vor'am Herbscht, wo mr doch jeden Leshelfer so dringend braucha ko!" (*Womit dr nicht eigweihte Leser jetzt weiß, dass mein Schwoger und sei Frau Wengerter sind).*

Wo se neber'm Eigang dr Sanka und dr Notarztwaga hent schteh seha, waret se beide wirklich in Erwartung eines bösa Schicksalsschlags. D'Hoor sind na kerzagrad nausgschtanda. An dr Kass waret se scho informiert und hent se sofort bis in'd Sanitäts-schtazio durchgwunka.
Ja und do drin im Senioralazarett war des menschliche Elend in nasse Taschatücher zu greifa. Vor lauter Blärra hent dia beide Mädla koin Tropfa mehr geba. Die T-Schörtla hent scho bis uff d'Hos nunder Brüah zoga ghett. Es war ein Elend, oh je, diese arme Kinder. Schlimm, wirklich schlimm! Net zum Saga! Oifach fürchterlich...

Ach so und erscht die Oma, vor lauter Eltern-liebe scho schiergar vogessa, hat au net grad a Bild fürs Album abgeba. Gschtreckterlängs isch die uff'm Schraka glega und hat koin Muggs meh do. Die war so guat wia hie! Aber dr Tropf isch no glaufa, dr Notarzt hat dr Bluatdruck gmessa und des duad mr jo bloß bei no lebende Notfäll. Des war scho mol positiv.

Dann, ganz langsam, von Blärrattacka unterbrocha, hat sich des trübe Bild uffghellt: Die Oma hat sich übernomma ghett. Sie hat sich voll voausgabt und selber bezwunga!

Alles, wirklich alles sei se mit de Enkelkinder gfahra und des net bloß oimol. D'Weifässlesboh, d'Kaffeemühl, s'Suppaschüsselkarussell, überhaupt alles. Aber scho nach'm zweita Mol Tausendfüßler-Fahra, also nach zwei Achterbohportiona, häb die Oma so a helle Gsichtsfarb ghett, grad so wia dr Babba am letschta Neujohrsmorga. Doch leider hat se koin Schpiegel drbei ghett. Sie hätt aber besser in oin neigugga solla, no wär ihra vielleicht d'Notbrems in Sinn komma. Doch vor lauter Jubel, Trubel und Kindergschrei hat koiner Wert uff solche Äußerlichkeita glegt. Ja und so hat des Uheil seinen Lauf gnomma. Diese brutale omavoschleißende Enkela hent die arme Frau an beide Ärm uff die „g'sengte Sau" zoga. Und no isch dia halsbrecherische Wahnsinnsfahrt über hundsgemeine Kurva und Buggel, affaschnelle Schteilschtrecka, unterhosaneiziagende Todesschnapper und weitere Selbstmordschikana erbarmungslos abganga. Also kurzum: A subber Fährtle!

Leider scheint's net für alle. Wo die Oma des Vognüga auf dr „g'sengta Sau" ghett hat, war's aus mit luschtich! Sie hat an Blick ghett wia a griechisches Marmorschtandbild - schtarr und weiß! Sie hat weder ihre Enkelkinder wahrgnomma, noch sonscht irgendebbes um sich rum regischtriert und hat's grad no im gschtreckta Galopp bis an die nägschd Hecka gschafft.

Drei Bobbel gmischt's Eis samt Wäffele, a halbe Gugga Popcorn, oinahalb naturtrübe Apfelschorle und zwei mitgnommene Schinkaweckla sind ugschtreift zwischa einschtmols rosarote fleißiche Liesela glandet. Sogar dr Bohnakaffee vom Frühschtück hat's mitsamt am Hefezopf wieder ruffzoga. Die arm Oma hat hindersche gveschpert, so voller Inbrunscht, dass mr's grad no a weil ausmola könnt. Aber guat, so ebbes duad mr net, au wenn ihra dia Breggela grad so aus'm Gsicht rausgschprozzelt sind. Kaum isch se dann aber kopfseitich erleichtert gwä, häb se d'Auga vodreht wia an klopfta Has, sei in'd Knia ganga und umghagelt wia ein nasser Sack. Aus war's!!!

Es wär, wenn's so gwä wär, gwiß koin schöna Dod gwä. Doch so war's jo net. Die normale Omafunktiona waret zwar uff Null, aber dr Bruschtkaschda isch no ab und zua nuff und nunder. S'isch au alles so schnell ganga, dass die Enkela vor lauter Entsetza gar koi Zeit ghett hent, an Schock zu kriaga.

Wi-de-Witsch waret an Haufa Oteilnehmer und Beileidsbezeuger um se rumgschtanda und hent guate Ratschläg gwisst. Dera Frau müasst mr d'Fiaß hochlega oder besser an Schnaps eiflößa. Von ra Mund-zu-Mund-Beatmung hat mr besser Abschtand gnomma, aber s'war scheint's nix Persönlich's...

Die von der „g'sengta Sau“ offasichtlich gmeuchelte Oma hat sowieso nix meh drzua saga könna, die war fertich mit dr Welt. Ein ganz bsonders wohlmeinender Bruadr hat seiner Schwester im Geischte sogar no die letschte Ölung geba wella, aber ebbes Fett's hätt se jetz au wirklich beim beschta Willa net braucha könna.

Zum Glück sind scho glei dia notfallerprobte Park-Sanis ogsaut komma und hent nach ma kurza Wiederbelebungsvosuach die arme

Frau uff dr Traga abgschleppt. Im Schturmschritt sind die Enkelkinder hinterdrei und mit dr Oma in dr Erschte-Hilfe-Raum. Do drin, so viel war aus de voschtörte Kinderseela zu erfahra, häb se dann voschiedene Kreislaufschpritza, Transfusiona und vomutlich au Komplikationa kriagt, bis se endlich durch Elektroschocks oder Herz-Lunga-Maschina wieder d'Auga uffgmacht häb.

Für mein Schwoger war klar: An klassischer Fall von Seniora-Bläckaut! A todesmutich selbschtvoursachtes Kreislaufschnäpperle. Er hat gar net recht gwisst, ob er jetz die Oma oder sich selber wega dem entgangena kinderlosa Dag bedauern soll. Sei Frau hat ihn deswega au glei richtich ogiftet. „Des isch wieder typisch Mo! Koi bissle Mitgefühl im Ranza! Ein Schwiegersohn wia aus am Bilderbuch!"

Aber ganz ehrlich, innadrin, ganz insgeheim, hat sich mein Schwoger oin grinst. Scho alloi bei dr Vorschtellung, wia die Oma mit volle Backa auf dr „g'sengta Sau" ghockt isch und's ihra mit jedra Schnappa s'Mägele höher glupft hat, hä, des hat oifach ebbes ghett.

Wo no die Lebensgeischter und au die Null-Linie so langsam wieder erwacht sind und sich d'Oma wieder hat vorsichtich uffrichta dürfa, war dr Schreck glei gar nimme so groß. A paar Schtund schpäter hat die wieder belebte Seniorin tatsächlich scho a leichte Eilaufsupp bei sich bhalta. Alle Beteilichte hent jetz sogar über des Erlebte s'erschte Mol lacha könna.

Am End hat koiner an körperlicha oder seelischa Gnaggs drvotraga und au die zwei Quengel hent den uffregenda Dag scho mit „sich gegaseitich an de Hoor ziaga" voarbeitet, und nebaher scho ausgmacht, wann se wieder mol mit dr Oma nach Tripsdrill geha dädat.

Und - natürlich hent se halt alle ebbes zum vozähla ghett! Guat, sie hättet's vielleicht net grad mir vozapfa braucha, doch im erschta Moment dr Euphorie denkt mr halt net an schädliche Nebawirkunga. Zum Beischpiel, dass so a Gschichte au mol druckt werda könnt.

Ja, so isch's gwä - je oller, je doller...

An dieser Stelle muss jetzt unbedingt auch unser Dank den leidgeprüften Opfern gelten, die uns nicht daran hinderten (oder mit ein paar guten Viertele bestochen wurden??), diese Geschichte, obwohl nicht erfunden, unter die Leserschaft zu bringen.

Besondere Anerkennung aber auch an das ganze Tripsdrill-Team unter Leitung der Familie Fischer für die tatkräftige Unterstützung - auch bei der Veröffentlichung unseres neuen Mundartbuches!

Mit sotte...

... wo'd Gäns uff'm Trottwar zammadappet,

... wo koin Nagel grad neischlaga könnet,

... wo'd Fiaß grad zum Krautschtampfa nehma ko'sch und dr Meggel zum Riegelwänd eireißa,

... wo'd in dr Pfeifa raucha ko'sch und no net mol an grada Boga soicha kennet,

mit sotte - treibt mr d'Welt um!

Schwacher Trost

Koiner mag mi, sogar d'Hund und Katza nehmet Reißaus. Alle machet se an groẞa Boga um mi, alle!!!

... jetz, mit de Schnoka voschteh i mi guat ...

Erfolgsleiter

A Fröschle hockt im Binsagras,
hat nur „Hoch - Tief" im Sinn
und do drzua, weil jo Prophet,
im Kopf nur's Wetter drin.

Wenn'd Sonna scheint, do hat er's leicht
genau vorher zu saga,
wenn's regert au, des isch net schwer,
do kommet koine Klaga.

Wenn's windet, hagelt, föhnt und schneit
wia mitta im April,
do weiß sich au des Viech koin Rat,
weil's Wetter macht, was will.

Do isch'r plogt, der arme Kerl,
dappt immer mol drneba,
hundertbrozentich weiß er's nia,
s'isch gwiss koi leichtes Leba.

Nach Jahren aber hat er's gschnallt:
Das Wetter unter'm Schtrich,
dia Regel gilt für alle Fäll,
wird schtets voänderlich.

(Diese kleine Anekdote soll sich in einer mir bekannten Gemeinde tatsächlich abgespielt haben...)

Bodagfährtle

Dia niederglassene Ärzt, bsonders dia, wo ihre Praxa in ra Weibaugemeinda hent, könnet a Lied drvo singa: Der aktuelle Leberwert hat hier zu Lande fließende Aussagekraft, sozusaga regional ausgeprägte Gültichkeit!

Und so isch's au ma junga Dokter ganga, der wo grad frisch sei Praxis uffgmacht hat. Eher zögerlich sind zu dem ofangs dia erschte Patienta komma, weil der Neie eba nei war und koiner recht ebbes vom'em gwisst hat.

Noch vollgschtopft mit akademischem Wissa hat der's natürlich au ganz genau gnomma, er war jo schließlich noch am Ofang von seinra Erfahrungsbildung. Sobald d'Blutwerte von oim von seine Patienta bloß oi Schtrichle über dr Norm gwä sind, hat der scho Alarm gschlaga. So hat er also Diät, Maßhalta und Abschtinenz voordnet, wo dr alte Dokter no nia dro denkt hätt ebbes zum Saga.

Leber (normal)
Leber (hiesich)

Ama schöna Morga isch so an Wengerter zum jährlicha TÜV komma und hat sich durchtschecka lassa wella. Wo no dia Ergebnisse do gwä sind, hat dr junge Arzt den Mo bschtellt und ihm eröffnet, dass er große Bedenka häb, weil seine innere Werte net grad dia Beschte seiet. Es sei erforderlich, dr Weigenuss ab sofort eizuschränka oder ganz uffzugeba.

„Was“, hat do der Wengerter gschria, „i und koin Wei meh drinka?! Ha do hört sich jo alles uff! Seit Johr und Dag geh i scho immer dohanna in dia Schprechschtund und no nia hat mr irgendoin Dokter ebbes vobota!“

„Ja, aber ihre Leberwerte sind deutlich erhöht“, hat sich dr Arzt zur Wehr setza wella, doch do isch‘r bei dem schwäbischa Urgeschtein uff Granit gschtoßa.

„Meine Leberwerte sind scho immer so und no jeder hat gsa, des sei normal!“

„Aber nein, normal ist das gewiss nicht...“

„Sie hent doch koi Ohnung, sie sind jo au net von do. Des, was i hab, des isch a hiesiche Leber!!“

Immer uff'm Neieschta...

➪ dr Joschka häb wieder mol a Neie,
d'Tatjana an Dumma gfunda,
und beim Moik läg Schnee in dr Gardrobe...

➪ dr Boris sei wieder bei ra Kaffeebrauna,
dr Dokter Brinkmann aus dr Vosenkung,
d'Daisy alloi
und dr Guido onderschtrum...

➪ dr Gotthilf wär in dr Love-Pareid vosumpft,
beim Charles und dr Camilla endlich soweit,
dr Harry häb oine an dr Waffel
und dr Kanzler gfärbte Hoor.

Ja, i weiß scho, was vor sich geht uff dr Welt -
s'Wichtiche halt...

In Fahrt!

Sind oim von euch scho mol dia graue Zella vom Auto voreckt? Also i moin, ob oiner scho mol an automobilistischa Softwär-Schada mitgmacht hat, wo's Auto nimme recht duad, obwohl mr selber nix hie gmacht hat? So a usichtbare Auto-Immun-Erkrankung!

So ebbes isch ein zunehmendes neizeitliches Problem und a Sauerei drzua! Je teurer dia Kärra werdet, je mehr Elektronik isch drin und je öfters au dr Wurm. Drbei isch jo so a Softwär in ma Auto koin Bauteil, wo vielleicht durchroschta oder ausleiern däd. Softwär, des weiß jo scho jeder vom Softeis her, isch ebbes Weiches, wo oim, wenn's heiß hergeht, schnell ebbes drneba geha ko. Wenn mr des schnappa will, kriagt mr's net recht in'd Finger und d'Sauerei wird no größer. Des lässt sich net ausbaua und mit ma Ersatzteil wieder gut macha. Hieniche Softwär isch ein Dreck, des isch sicher! Des isch ein Scheißdreck!

Also bin i in'd Werkschtatt zottelt, meh schlecht wia recht, weil's Auto sämtliche Mucka uff oimol ghett hat. Bei dr Reparaturannahme hab i scho fascht lacha müassa. Dia Symptome seiet a typisches Rechnerproblem, weil sich do als ebbes voschpult hätt, doch des däd mr schnell wieder in Griff kriaga.

Wie bitte? Was war des? Ebbes Ugreifbares hent dia in Griff kriaga wella? Also a bissle ebbes voschteh i au no von Physik, gell! Natürlich war mein erschter Kommentar deswega a bissle kritisch, mr derf jo au net alles mit sich und seim Auto macha lassa.

Der Werkschtattmeischter hat sich uffgschpielt und gmoint, des müasst mr frisch uffschpiela. Wo i mir ausgrechnet hab, dass der für sei Schpielerei 58 Euro uff'd Schtund vorechna duad, war's bei mir glei aus mit luschtich! Ja wo sind mr denn? Koi Schräuble mehr oziaga aber oin uff Bley-Schteischn macha!? Net mir mir!!

Mit dem Kraftfahrzeug-Kaschperle hab i an sellem Dag net dia beschte Kommunikation ghett. Der hat schließlich gmoint, i wär gedanklich uff ra falscha Ebene. I hab net recht gwisst, ob i dem Kerle scho mol vorsichtshalber a paar an'd Gosch noschlaga soll oder wia er des sonscht gmoint hat...

Bevor sich dr Automeischter selber an Termin zum Ausbeula hat hola müassa, isch zum Glück dr Chef von dem Werkschtättle dozwischa ganga und hat mi jetz uffklära wella: Des Problem mit meim Auto häb mit'm Bordcompjuter z'do und i müasst des so voschteha, als ob drhoim mein Pehzeh abschtürza däd.

Okay, i bin jo net blöd, aber hat der Simpel jetz im Ernscht gmoint, dass i mit meim Compjuterle drhoim Wettrennerles fahra dua? I hab ganz langsam und sogar uff hochdeitsch erklärt, dass mein Kaschta koine Räder hätt und scho glei gar net für dr Schtroßavokehr zuaglassa sei - no war's au mit dem Mo vorbei mit'm Meinungsaustausch. Ultimativ hab i volauta lassa, dass i mein Karra genau oin Dag dolassa däd und wenn se'n net ins Laufa bringa dädet, i mir a ondere Werkschtatt suacha müasst, wo se ebbes von Auto voschtehet.

Jetz waret alle narret und s'Auto immer no hie. Jeder hat vom ondra denkt, was für ein Seckel das'r sei und dr Konflikt wär schiergar kurz vor'em Gegaschtänd schmeißa gwä, wo uff oimol dr Lehrbua ogschprunga komma

Schumi
insaid

isch und voller Schtolz gsa hat, dass'r mit'm Syschtem-Apdeida fertich sei und s'Auto wieder gscheit laufa däd. Vor lauter Schreck, dass mein Karra wieder in Ordnung war, hab i mit net traut zum Froga, was denn „apdeida" wär, denn no blöder wollt i au nimme doschteha...

I war erscht mol schprochlos, hab ganz sachte den kloina Proschpektschtänder, wo i hab schmeißa wella, wieder nogschtellt, mir glei d'Rechnung ausdrucka lassa, bar zahlt und bin nix wia naus. Mit ma zwieschpälticha Gfühl eines unter mangelndem Softwär-Sachvoschtand leidenda Besserwisser bin i fascht lautlos mit meim Karra vom Hof gschlicha.

Aber gell, ois, ois hab i aus der Gschichte glernt: Wenn mei Autole mol wieder oin an dr Waffel hat, no geh i s'nägscht Mol glei zum Schtift!

Werterhaltung

Jeden Dag in'd Garasch,
jede Woch in'd Wascholag,
zwischanei poliert, gwienert, gwichst,
rausgsaugt, eigschprüht und bürscht.
Jedes Johr zur Inschpekzio,
pünktlich zur ASU und zum TÜV
und zwischanei,
au wenn's net nötich wär,
weil'r no do schteht wia nei,
an Neia.

Wegam Fieling, wega dr Nachbrschaft,
wegam Imitsch, wegam Ego
und weil mr sich's leischta ko,
bar Kralle,
uff Bump oder gliest.

Des muass sei,
alle paar Johr a nei's Auto -
sonscht isch's oim net wohl.

Bloß dr Fahrer bleibt dr alte -
bis mr'n irgendwann
aus'm Vokehr ziagt...

Nouvelle cuisine?

Sie: (schluchzend) Du Schätzle, i hab dir heit koi Obendessa kocha könna...

Er: Ha Mäusle, desweg brauchsch doch net heula, des isch doch halb so schlimm. Wieso hasch'n nix kocha könna? Was isch'n gwä?

Sie: Also, gell, s'isch wirklich net mei Schuld, aber dia vom E-Werk hent dr Schtrom abgschtellt.

Er: Ha ja, wenn des so isch - ähm - mir kocha doch aber mit Gas?

Sie: Ja scho, aber dr Dosaöffner geht halt elektrisch...

Die korreschpondierende Weinprobe

Geburtstagsfeiern, bsonders dann, wenn's runde sind, müasset oft drzua herhalta, den Gäschten nebabei a bissle Kultur näher zu bringa. Meischt beschränkt sich so a Kultur uffs Vortraga von Gedichte, kloine Sketche oder Liadla. Doch was mei Frau und i vor ra Weile uff ma Fuffzichschta hent erleba dürfa, war dr absolute Gipfel der Kultur!

Unser Geburtstagskind hat sich ebbes ganz Schpezielles überlegt ghett. Weil dia Feier in ma Saal von ra Weigärtnergnossaschaft schtattgfunda hat, war ein bsonderes Programm in Form einer korreschpondierenda Weiprobe vorgseh. Dia Gäscht hent sich net, wia's heutzutag üblich isch, bloß d'Bäuch vollschlaga solla, sondern im währenda Essa au no ebbes über dr Wei, den Genuss und dia uglaubliche Meglichkeita der menschlicha Sinne beim Essa und Trinka lerna solla. Mir waret baff, so ein inhaltsschweres Vorhaba für uns normale Leit, Wahnsinn!

Zum Zwecke der kultivierten Hungerschtillung war extra a gelernte „Degustesse" - eine pro-

movierte Weinvokoschterin ongaschiert worda. Diese fachlich geeichte Kapazität hat uns also an sellem Obend den Genuss passender Weine zu de voschiedenschte uffgetischte Schpeisa am Büffet näherbringa solla - so isch's jedenfalls in hochtrabende Worte uff de Menükärtla druffgschtanda.
Um jetz vornaweg die gladene Gäscht in Schutz zu nehma, muass i drzua gschwind folgendes saga: Mir waret alle scho uff sechse bschtellt und s'Essa hat erscht am drei viertel achte ogfanga. Um die Zeit zu überbrücka, war solang allgemeiner Smohl-Tolg, schprich lummelich's Gschwätz, am Sektgläsle ogsa. Des heißt, dass also scho um siebene Magasäure für zwei Fuffzichschte brodelt hat.

Doch bevor endlich s'Büffee freigeba worda isch, hat unser Gaschtgeber no schnell a kloine Begrüßungsrede halta müassa. Es war schließlich sei Fescht und deswega net zu vohindern. Aus de Warmhaltebehälter sind uns dia herrlichschte Gerüche in d'Nosalöcher gschlupft und mir hent uns den Dank an die liebe Ehefrau, die elende Schtrapaza des Häuslebaus (wo scho 20 Johr her war) und diverse Anekdota von Ausflüg mit'm geliebta Gsangvoroi ohöra müassa.

In dr momentana Situation waret diese Worte, weil relativ kaloriaarm und trocka, für uns eher unintressante Abendfüller. Dr Beifall für diesen Monolog isch no au schiergar im Hals - äh - in dr Hand schtecka blieba. Mir Gäschte waret mittlerweile so saft- und kraftlos und voller Erwartung, bis dann endlich die Weinfachfrau s'Wort und s'erschte Fläschle ergriffa hat. Sodele, jetz kann's losgeha!

Dr Wein, a bsonders fruchtiche Muskateller Schpätles, abgeschtimmt auf sizilianische Honichmelone an Parma-Schinka, war nach endlose sechs Minuta beschprocha. Gott sei Lob und Dank, mir hent's noch erleba dürfa. S'Büffee war eröffnet!

Dummerweis hat des fleißiche Cätering-Personal (so heißt mr heit dia ongaschierte Küchahelfer) scho alle Schpeisa, warme und kalte, uffbaut ghett, aber vogessa, dia Deckel eibruchsicher zu voschliaßa. Die alkohol- und jetz au leidgeprüfte Weinreferentin hat zwar glei gmerkt, was los isch, aber des Uglück war nimme abzuwenda.

Uff dia Teller der Gäschte sind in extremer Abweichung von dr Menükarte schier un-

glaubliche Variationa gschaufelt worda. Ohne Übertreibung hätt dr Vincent Klink an sellem Obend a ganz neies Kochbuach schreiba könna. Dr Protescht, dass es doch in Übereischtimmung mit dr uffliegenda Schpeisekart mit dr Vorschpeis losgeha däd, hat nix gnützt. Einem hungricha Maga isch keine Einsicht möglich!
Rein optisch hent dia Teller viel hergeba. Wenn i mir heit no mei Porzion Melone mit Schpätzla, Krautsalat, Schweinelendla, Pfifferlingsoß, Gorgonzolakäs und Muus o Schokolad an Brombeereis vorschtell, läuft mir grad s'Wasser im Mund zamma. Des war ein Hochgenuss seinesgleicha! So reichhaltich und guat hab i scho lang nimme gessa.

Die arme Rebsaftsachvoschtändiche war kurz vor am Blärra. Beschtens uff den Obend vorbereitet, hat sie sämtliche, wirklich erschtklassich ausgewählte Weine zur sinnlosa Vonichtung freigeba müassa. Aber uns hat's gschmeckt, eine Subber-Auswahl, ohne promovierte Bevormundung, des erlebt mr net jeden Dag.

S'Geburtstagskind und bsonders sei Frau hent schier Gichter kriagt, doch es war nix zu macha. Eine Schtammpied (aus dem Englischa: hirnloser Herdentrieb) isch eba net uffzuhalta. Nach drei bis vier Teller waret unsere Mäga hoch bis an's Gaumazäpfle mit Korreschpondenz gfüllt. Ein hundertbrozentich gelungenes Fescht! Mir waret so was von satt und unser Geischt war weinselich durchfeichtet! Oifach guat!

So isch der Obend, zwischadurch uffglockert durch kloine Eilaga, wia im Flug vorbeiganga. Zufriedene Gäscht wo mr noguggt hat, was will mr mehr?

*

Im Groß a und Ganza isch's mit Essa und Trinka in Vobindung mit dr Kultur bei de Leit so a Sach. Doch ois hent mir alle als wichtiche Erkenntnis von sellem Fuffzichschta mit hoimbracht: Dr schwäbische Maga isch im Unterschied zu seim Geischt ein kulturelles Bermuda-Dreieck, aus dem unter normale Umschtänd nix meh so schnell wieder uff-taucht. Und s'braucht au net viel, außer ma großa Hunger und dr Mensch vohält sich au am schönschta Büffee wia'd Sau am Trog...

Aber egal, oimol guat glebt, denkt oim lang! (...bloß oimol nix ghett no länger...)

Brutale Methoda

Karle: Herr Dokter, was soll i bloß macha, mei Frau hat ganz hoch's Fieber kriagt?

Arzt: ***Ja hent se scho gmessa? Wia hoch isch's denn?***

Karle: I weiß net so recht. I hab dr Fiebermesser blotza lassa und no isch'd Sauerei uff'm Boda rumgfahra.

Arzt: ***Ja hent se koi zweit's Thermometer drhoim?***

Karle: Ha doch, des scho, aber i ko's halt net recht ablesa...

Arzt: ***Wieso denn net?***

Karle: Ha wisset se, des Ding vom Eidünschthafa schteht zwischa Breschtling und Dreibla...

Neues aus der Volkshochschule

- Hirntschogging für Fuaßkranke
- Rückenschule für Ranzaträger
- Selbschtvoteidigung für Reigschmeckte
- Hochdeitsch für Unterländer
- Rhetorik für Dummschwätzer
- Rückbildungsgymnaschtik für Großkopfete
- Schwäbische Daseinsbewältigung:

  Teil A: Das tägliche Elend

  Teil B: Vom Götz und anderen Lebenshilfen

  Teil C: Mir könnet alles!

Vhs

Also doch!

Uff Kommando luschtich sei,
wer ko mir's vodenka?
Liegt mir net, i bin so frei,
i muass koi Fähnle schwenka.

Humptata und Täterä, narri, naara, helau.
Aus der Fasnetsdollerei, do werd i net schlau.

Narrakäpple uff dr Kopf, bleib i, wer i bin.
Schunkelliederselichkeit? -
fehlt mir jeder Sinn.

Fasnetjuchzga brauch i net,
mag koi beschtelltes Lacha,
wenn i's däd, was Gott bewahr,
wär i net ganz bacha.

I ghör net zu de Faschingsleit,
wo mit dr Rätscha knarret,
aber sonscht, do frogsch wen'd willsch,
bin i's ganz Johr narret!

Der Wettkampf oder Patriotismus isch Bürgerpflicht

Zwei Mannschafta sind's gwä im Bada-Württaberg Endschpiel. Oi Schwäbische und oine aus Bada. So isch's natürlich mehr gwä wia an bloßa schportlicha Wettschtreit, wo halt dr bessere gwinna sott. Noi, bei dieser Konschtellazio isch's au um d'Ehre ganga.

Guat, mr ko saga, des Glück war den Schwaben an sellem Dag net hold, denn dia sind unterganga. Dia hent haushoch volora. In Grund und Boda nei sind se vonichtet worda.

*

Unter Berücksichtigung regionaler Befindlichkeiten war die Sache in der schwäbischen Presse dann wie folgt zu lesen:

Nach einem mitreißenden, sportlich überzeugenden Spiel belegte unsere hoch motiviert kämpfende Mannschaft einen hervorragenden zweiten Platz. Die Badische wurde Vorletzter...

(Herzliche) Eiladung...

Komm doch bitte ***(bleib mr gschtohla)***,

Ehragascht (***voschwind im Nu)***,

bisch gern gseha ***(bloß von hinta)***,

bisch beliebt ***(moinsch au bloß du)***.

Ach mein Guater ***(Lumpaseckel)***,

bisch mein Beschter ***(Haderlump)***,

guat siehsch aus ***(du Riaba-Meckel)***,

flott wia'd bisch ***(im alta Glump)***.

Ohne di wär's Feschtla fade
(mit dir isch's a elend's Kreiz),

hasch koi Gschenkle, isch's net schade
(war'sch scho immer voller Geiz).

Ganz von Herza ***(bloß weil's sei muass)***,

sei willkomma ***(Dagdieb, du)***,

lass di drücka ***(bis'd koi Luft kriagsch)***,

sei gegrüßt ***(und geb a Ruah).***

Jeder freut sich
(wenn de Schtreich kriagsch),

voller Liebe ***(grüa und blau),***

alle lacha ***(wenn'd uff's Maul fliagsch),***

mir sind froh ***(und du uns au!).***

*

Gerne bisch du eigelada
(saufsch und frißsch,
wenn's di nix koscht),

(lass dr glei an d'Gosch noschlaga)
bis bald - in tiefer Liebe - proscht!

Langzeitgedächtnis

„Du, weisch du no, wer sellichsmol uff'm 60. Geburtsdag von dr Hannelore alles eiglada gwä isch?"

„O je, des isch scho so lang her, des weiß i nimme."

„Ha jetz denk doch mol nooch, i sott's halt wissa!"

„I ko dr net mol meh saga, wo mr do gwä sind."

„Mir waret - wart amol - also, i moin - heidanei, des gibt's doch net!"

„Ja, so geht's mir au, mr wird halt älter."

„I komm und komm net druff, menschenskinder nochmol!"

„Jetz wart - was hat's denn zum Essa geba?"

„Des weiß i no guat. Glasierta Jungschweinebrota mit Schpätzla, Kartoffelgratä und Buabaschpitzla. Drzua überbackena Bluamakohl und a Konjak-Rosina-Sößle...“

„...genau und a Zwiebelsüpple vornaweg...“

„...und Zwetschgaeis mit Merinkawäffela hintadrei!“

„Oh ja, mir denkt's no wia heit.“

„Und wer war jetz alles eiglada?“

„Koi Ohnung, aber des intressiert doch au koin Mensch!“

Triebgeschteuert

Die nun folgende Geschichte ist nicht, wie man vorschnell urteilen könnte, etwa frauenfeindlich angelegt. Nein! Nichts läge mir ferner! Diese Geschichte ist männerfreundlich und das ist schließlich nicht verboten...

Teschtoschteron!!! I sag bloß Teschtoschteron!!! Einscht als Gnade der Schöpfung über uns Männer ausgschüttet, wird nun zum Fluch. Denn mir arme Männer sind wega unserm Hormonüberschuss zum Ausschterba vodammt. Dieses schwere Schicksal wird uns nur deswega ereila, weil mir Männer auf Grund dieser hormonella Voolagung net butza könnet! Genau! Au dia Fraua hent richtich glesa, Männer könnet net butza! Dia könnet des net, net weil's se's net wellet, noi, weil se's oifach von Natur aus net fertich bringa.

Teschtoschteron, dieses Hormon, das uns von Grund uff überlega macht, hat zur Folge, dass mir Männer den Oblick von Schtaub und Dreck ohne Schmerza ertraga könna, aber, dass sich uns mit ma Butzlappa in dr Hand

d'Fuaßnägel uffrolla. Dieses männliche Vohalta isch nicht zu ändern oder gar zu behandla. Es gibt bis heit koi „Pille“, womit mr unsre Putzuluscht vohüta könnt. So sind mr halt, echte Männer, genial und Hormon gschteuert!
Uff's Jaga und Sammla isch der männliche Inschtinkt eigschtellt und uff sonscht nix. Mit dr Evolution duan mir uns schwer. Dreck gibt's immer no gnuag, aber Säbelzohtiger und zotteliche Mammut sieht mr recht selta. Also, was soll mr macha als Mo?

Mr geht, wie mr's von jeher gwöhnt isch, uff Beutezug und kommt am End mit sieba hungriche Kumpel und ma Affa hoim. Des isch koi Lotterleba oder Dagdieberei, sondern alloi die Erfüllung der Naturgesetze.

Der Putztrieb hat sich bei uns Männern au gar net entwickla könna. Außerhalb der Schteinzeithöhle hat's koin intressiert, ob's sauber gwä isch und innadrin in dr Höhle hat alloi des Weib des Saga ghett. So sind mir Männer seit Urzeita in unsre Schranka vowiesa worda und hent net butza dürfa. Das Butza war und isch bis heute eine Domäne der Frau und ob mir Männer mit dieser Diskriminierung umgeha könnet oder net, war scho immer grad egal. Ein lächerlicher Hormonüberschuss hat eine grausame Voschtümmelung unseres Wirkungskreises zur Folge!

Zaghafte Selbschtvosuche mit Besa und Butzlappa werdet von unsre Fraua bereits im Keim erschtickt. Mir Männer dädet dr Dreck net seh, uns könnt mr hintadrei wischa, mir dädet meh vosaua wia guatmacha. Mol ganz ehrlich, wer butzt do scho gern, wenn oim glei unterschtellt wird, mr wär butztechnisch ein Vosager. Mir arme Männer müasset uns als Fruschtbutzer in unsere Werkschtättla zrückzieha oder no besser, glei in d'Autowascholag ausweicha.

So wia unsre Fraua aus dem Butza a heiliche Handlung gmacht hent, mit Rituale, wo sich täglich, wöchentlich, ja sogar jährlich wiederholet, glaub i wirklich, dass dieses „Putztum“ sich zu einer echten Kunschtform entwickelt hat. Natürlich zu einer Kunscht, die eba bloß des weibliche Hirn voschteht. Ein Teschtoschteron geleiteter Mo ko im Butza halt koin wirklicha Sinn finda, weil des Butza als solches rational, also voschtandesmäßich gar net zum Voschteha isch. Es ko erwiesenermaßa nur dort dreckich werda, wo's sauber isch, ko also folglich do, wo's scho dreckich isch, gar nimme dreckich werda und braucht demzufolge au gar net butzt werda...

Butza muass ebbes mit geschlechterschpezifischer Philosophie zum do haba. Guat, i ko drmit leba! Wega mir! Au unsre Fraua brauchet eine Aufgabe. Wenn se do drmit ihrem Leba an höhera Sinn geba könnet, soll mr's recht sei. Erfüllte Fraua sind glückliche Fraua und mir Männer sottet dem Glück net im Weg schteha.

I geh z.B. jedesmol aus'm Haus, wenn bei uns drhoim Großputz ogsa isch. I gönn meinra Frau diesen Freiraum! Des isch für mi au gar koi Problem, i bin tolerant, uffgeklärt und mit ma groBa Voschtändnis für die geheime Wünsche des weiblichen Geschlechts. I bin ein echter Frauavoschteher, ein lebender Beweis für eine zutiefscht harmonische Beziehung. I bin sozusaga der greifbar lebende Wunschtraum von jed'ra schwäbischa Putzamazone. Nicht butza zu dürfa, wär für unsre Fraua a Art von häuslichem Zöllibat. Ja, genau, weil nämlich sämtliche Reinigungsutensilia und drzua des Gschmäckle von ma scharfa

DRECK !

Wischwasser uff die Fraua a erotisierende Wirkung hent.

Einra Frau des Butza gar zu vobieta wär umenschlich, uüberlegt und unötich. Noch unöticher wär es aber, einra Frau zu saga, dass se butza soll. So ebbes isch sogar saugfährlich. Ums Numgugga fliagt oim do dr Kehrwisch ins Kreiz, wenn im Unterbewusstsein einer Frau das schlimme Gefühl der Unterschtellung hochschleicht, a Schlampere zu sei!
Dr Dreck wird voteidigt, do kommt koin onderer no! Dia Fraua dürfet sich in einer übervolla Welt bewega und dia Männer wisset bald nimme, was se do sollet. D'Wartezimmer hocket voll mit lauter gschtörte Jäger und Sammler, in dene dr Inschtinkt mangels Meglichkeita vokümmert. Dr Hormondefekt führt zu innere Schpannunga und viele Männer kriaget durch diesen Druck mit den Jahren a Wampa, einen Sauranza, eine so genannte „Midlaif-Käze", auch gaschtroexplosives Putzmangelsyndrom genannt.

Als Mo bleibt oim nix onders übrich, als sich neue Uffgabagebiete zu erschließa. Mir müasset mit Gwalt unsern Horizont erweitern

und uff dr Suche nach Ablenkung allen Scheiß mitmacha. Holzhacka, sieba Schtückla umtreiba, schaffa bis zum Umfalla, sich bei sämtliche Marathonlaif omelda oder sonscht wia schportla wia an Geischteskranker. Sich im Voroi uff alle Pöschtla wähla lassa, für dr Gemeinderat kandidiera und... und... und.
Wie viele Männer erlieget net uff dr Suche nach innerer Ruhe dem Herzinfarkt oder kriaget alle ondere umegliche Wehwehla, bloß, weil se net butza könnet!

Dia oinzichschte männliche Hochburg außerm Binokel schpiela und Nagel-grad-neischlaga isch seither no des Denka gwä. Also dr Eisatz vom Gehirn und die do draus folgende, selbschtsichere Überlegaheit des männlichen Geschlechts.
Es isch ein Elend, aber au dieses, bisher alloi uns Männern überlassene Denka, wird in Kürze no vollends von de Compjuter übernomma werda. Und no??? Ja und no, in einer Welt, in einer grausama Welt, in der's immer wenicher zum Denka und immer mehr zum Butza gibt, do hent dann mir Männer des, was sich unsre Fraua scho immer wünschet:

No hent mir dr Dreck!!!

Von was kommet Kindla?

Es folgen nun verschiedene Lösungsansätze, um uns die Antwort auf diese etwas heikle Frage ein wenig näher zu bringen...

... durch'd Biena und Bluama...
... durchs Ananondernoschneggla...
... durch a Zuckerle uff'm Fenschterbrett...
... durchs „Noi"-saga vogessa...
... durch'd Reiskörnla vor dr Kirch...
... durch a Megetse...
... durch an Schtorchabiss...
... durch net bloß Händleheba...
... durch'n Schtromausfall...
... durch'n Schwächeofall...
... durch Schmetterling im Bauch...
... durch oimol nix denka

Bis hierher sind alles nur Vermutungen, doch heute hat die Wissenschaft eine neue, plausible Erklärung parat: Die Kinder kommen......

... durchs Draufpinkla auf a Papierschtreifele...

*

...oder doch net?

Oifach z'heiß

Wenn in dr allergröschta Hitz
i draußa bei meim Weiza sitz
und mir dr Schweiß in Schtrömen rinnt
und nix mehr geht, net mol dr Wind.

Wenn d'Sonna oim schier s'Hirn vobrennt,
dr Kreislauf moint, es ging zu End,
mr zwischanei kaum Luft no kriagt
und's oin in kühla Keller ziagt.

Wenn trotz am Giaßa d'Bluama lummla
und net amol no d'Hummla brummla,
selbscht d'Traubabeerla Runzel kriaga
und d'Kopfsalät am Boda liaga.

Wenn Obscht und Gmias grad so vogammeln,
sogar d'Karnickel nemme rammeln,
wenn's mit'm Denka kaum no klappt
und oim dr Arsch an d'Hosa babbt.

Wenn dr Blanet am höchschta schteht,
mr grad im oigna Saft vogeht,
oim's Gaumazäpfle klemmt beim Schlugga
und d'Auga rot sind bloß vom Gugga.

Wenn's soweit isch, dass'd schier vorecksch
und alle Viere von dr schtrecksch,
ko'sch grad no froga: „Menschenskinder,
was macht dr Eismo bloß im Winter?"

Sommer

(oifach so, weil's so wenich Gedichtla
über dia Johreszeit gibt)

Wenn wieder so a
dunderschlechtiche Bollahitz isch,
wo mr scho morgens
im Badhösle naushockt
und uff dr Terrass frühschtücka ko...

Wenn von de Azora oder sonscht woher
sich a Hoch bei uns eignischtet hat,
pudeleswohl und nimme hoim will...

Wenn jeder dr Schatta suacht
und morgens am elfe scho dr Feierobend
und a frisch's Weizabier
und an freia Platz im Freibad...

Wenn mr obends draußa hocka bleiba ko,
ohne dass mr am zehne a Weschtle braucht,
jede Schtund auskoschta ko,
d'Wärme in sich schpeichert
und nachts s'Bett durchschwitzt...

Wenn's bei uns so subber isch,
dass mr sich's Grinsa net voheba ko,
weil's uff Majorka regert...

Buenas noches???

In welchem Zuschtand ko mr am beschta des Innere eines Menscha ergründa? Solang mr schloft oder wenn mr wach isch? Wann isch mr so, wia mr isch?
Über so grundlegende Froga dr Menschheit könntet sich die gröschte Gelehrte d'Köpf zerbrecha. I für mein Teil hab die Lösung für dieses schwieriche Rätsel gfunda und des au no ganz ufreiwillich.

Dr wahre Blick ins Innerschte von ma Menscha hat mr genau dazwischa, also im Zuschtand zwischa dr morgendlicha Dämmerung und dr geischticha Umnachtung. Also mittadrin in dr aufschlussreicha Uffwachphase, im grella Licht dr menschlicha Realität. Und eba weil i erscht kürzlich diese Erkenntnis am eigena Körper voschpürt hab, muass i jetz oifach vozähla, wie des uff meim kloina Urlaub uff Majorka zuaganga isch.

Acht Sänger und Sängerinna von unserm Chörle hent sich kurzfrischtich entschlossa, au mol des 17. Bundesland uffzusuacha. Mir wolltet selber gugga, wer außer Rentner und Hausfraua sonscht no uff dem Flecka hockt.

Jeder von uns acht hat, mr sott's net glauba, tatsächlich unterschiedliche Erwartunga in dia paar Däg gsetzt. Für mi heißt Urlaub uff Majorka ebbes ogugga, ebbes seha von dr Welt, ebbes unternehma, ebbes macha, ebbes do! Deswega isch doch selbschtvoschtändlich, dass mr morgens beizeita aus'm Nescht kommt, weil jo dr frühe Vogel dr Wurm und so weiter... So an Urlaub sott sich jo schließlich lohna, zu was fährt mr sonscht fort - und an Haufa Geld koscht's au!

Aber mi hat's umghaua! Sieba Achtel von de südwestdeutsche Pauschaltourischta hent gmoint, sie könntet dr Hektik des schwäbischen Alltags nur entflieha, indem se morgens meglichscht lang in de Miefkischta liega bleibet. In bandscheibavorfallprovozierende Möchtegernbettlada liega bleiba, obwohl dr Dag uff Majorka au bloß 24 Schtund hat. Dr Konflikt war vorprogrammiert!

Wenn mr morgens um siebene uff so ra Finka s'Bad für sich alloi hat, isch des scho a feine Sach. In aller Ruhe ko mr do während'em

Gschäftlemacha s'erschte fröhliche Liadle pfeifa. Ausgiebich duscha, föhna, gurgla und koi Ongscht haba müassa, dass irgend so an Trivillierer an d'Türa boggelt, weil er's nimme heba ko.

So weit wär alles in Ordnung gwä. Aber gega halb achte denkt mr no so bei sich: „Ha jetz könntet se sich scho au rega." Ganz sachte hab i s'Radio eigschalta, damit i draußa uff dr Terrass au a bissle was drvo hab. Der majorka-deutsche Sender uff 98 Komma 4 hat genau gwisst, was dia Urlauber vom Feschtland braucha.

Herzerfrischend und kräftich hat mr zu dene Titel seine Schtimmbänder wackla lassa könna. „*E VIVA ESPANJA*", dass es eine reine Freid war. Do lebt oim sein Geischt doch richtich uff. Schließlich waret mir jo alle Sänger und Sängerinna aus Leib und Seel. Deshalb hab i mit so ebbes koine Hemmunga: „Singe, wem Gesang gegeba..."

Mit so ra Grundschtimmung fällt oim dr Kontrollgang um's Feriahäusle viel leichter. Au den wunderschöna wolkalosa Himmel will mr seine Miturlauber net vorenthalta, deswega hab i hälinga gega dia Schlofzimmerfenschterscheiba boggelt, damit dene elende Schnarchzapfa des schöne Naturschauschpiel net nausgeht. Mr isch jo schließlich Mensch!

Ha, mr hätt grad uff dr Sau nauskönna, aber trotz de beschte Lärmbeläschtigunga hat sich au gega achte immer no nix gregt. S'erschte Drittel vom Dag war scho vosaut! Dabei soll jo z'viel Schlof gar net gsund sei. Erscht letscht hab i glesa, dass normalerweis fünf Schtund guat langa dädet. Sie saga sogar, vom viela Schlofa däd oim vorzeitich s'Hirn votrockla!

Alloi aus mein groẞa Interesse an dr Volksgesundheit hab i mi entschlossa, jetz a härtere Gangart eizuschlaga. Voller Selbstuffopferung hab i dr Frühschtückstisch deckt, wunderschö, mit de Schranktürla gschlaga und s'Gschirr scheppern lassa. Die drei Kaffeetässla sind mir aber wirklich aus Voseh nundergfloga - hä - aber dia hent an Krach gmacht für zehn!

Die Schtereoolag, wo do uff der Finka gschtanda isch, war gar net schwer zum bediena. I hab alle Knöpf mit „Power" drückt und mol guggt, was dia Boxa so bringa. Wenn

EVIVA
ESPANA

oim schpanische Folklore mit 120 Dezibel durch d'Gehörgäng rauscht, no isch des grad, wia wenn's Mittelmeer mitsamt de Ozeandampfer durch's Hirn zischa dääd. Des lupft oim s'Ärschle aus'm Nescht!! Mit einem hochzwiebelta passabla Pasa-Dobl kriagsch du ein solches subber Urlaubs-Majorka-Fiehling, dass s'Leba dia reinschte Freid isch! Arriba!!!

Morgaschtund hat Gold im Göschle, sott mr moina! Doch uff ra Finka hat se Blei im Bobbes! Was i mir jetz von sechs bis sechsahalb vowerkelte Schlofzimmergsichter hab ohöra müassa, war nimme schö. Dabei war dia Schtereoolag wirklich erschtklassich! Voller Qualidädsbass und bis 20 000 Hertz nuff ohne zu schättern! Was will mr eigentlich mehr? Zum Beschwera isch des absolut koin Grund! Im übriga war der Schpruch, dass mr durch Schlof schö werda dääd, scho beim erschta Oblick widerlegt. D'Frisürla sind uff alle Seita in'd Höh gschtanda, manche hent bloß oin Augadeckel uffkriagt und ondere war'n so bleich im Gsicht, dass i fascht gmoint hab, sie dädet uff dr Schtell zum Schpucka ofanga. I hab scho vomutet, dass dr Montezuma seine Finger im Schpiel hätt, do hat mir irgendebber, i weiß zum Glück bis heit no net wer, einen seichnassa Waschlappa in'd Ankel gschmissa. Ob i no ganz sauber wär und jetz vollends durchdreha däd. Um dia Zeit, mitta in dr Nacht, so einen Saukrach zu vollführa, hent se gschria. Ein Irrahaus wär des!

I war uschuldich! S'war gar net mitta in dr Nacht, scho eher mitta im Dag! I hab uff'd Uhr zeigt, uff dr Sonnaschtand deutet, nebabei an kloina Seitahieb uff Schlofhauba, Trialer und Bettbrunzer losglassa und somit ganz sachlich uff's volle Tagesprogramm vowiesa. Nach meinra Ufffassung lässt sich dr Erfolg von ma Urlaub net an durchgschwitzte Haipfel und eigsunkene Furzkuhla messa, sondern an dr Summe von uffgsuachte Sehenswürdichkeita. Alte Burga und Kircha zählet meh wia durchgwetzte Schlofhösla. Land, Leute und Kultur erlebt mr uff Fisch-, Floh- und ondere Märkt und net in Gemeinschaft mit Hausschtaubmilba und Bettwanza. 87,5 % der Finka-Urlauber hent meinra „Im Frühtau zu Berge"-Argumentation nix zu widersetza ghett. Resignierend sind se in's Bad oder in Puul abzoga. Manche sind au vollkomma ermattet in Lethargie vofalla und im nächschta Sessel vosunka.

So nach ra drei viertel Schtund des inneren Selbschtfindungsprozesses hent mi die sieba Dauergähner zur Rede schtella wella: So däd des net geh! Des wär saumäßich, umeglich und gschponna! Zwischadrin sind a paar Beleidigunga gfloga, wo sogar welche dabei waret, wo für mi an Grund gwä wäret, uff dr Schtell wieder hoim zum fliaga. Doch weil dr Rückflug erscht sieba Däg schpäter buacht war, hab i glei a guats Argument zum Bleiba ghett.

Hoch und heilich hab i voschprecha müassa, dass i mi ab sofort unterschteha däd, nochmol s'ganze Haus scho um siebene zu wecka, sonscht wär was los!! (Wobei i in meinra völlich normla morgendlicha Naivi - äh - Aktivität jo bloß vosuacht hab, dass ebbes los isch!) Uff Majorka isch für Logik, goldene Morgaschtunda und wurmfressende Vögel koin Platz. Solle se doch!!

Schlofa ko mr dahoim, meischtens sogar no viel besser. Deswega braucht mr net uff a Insel fliaga. Ein gewisser innerlicher Groll meinerseits war net zum voleugna. Aber Mehrheitsentscheidunga sind halt fürs oinzelne Individuum meischtens schlecht. Doch i wollt natürlich koin Außaseiter sei und mr ko sich au als Schwob und au als ogeblicher Schofseckel no opassa.

Am nägschta Morga hab i, innerlich bekehrt, erscht um drei viertel achte s'Radio eigschalta. Radiohöra derf mr oim au net vobieta, des ghört zu de Menscharechte, au für unterdrückte Urlauber! Ich war bsonders freindlich und hab jedem meiner Freinde persönlich mitgeteilt, dass dr Kaffee scho laufa däd, wia's Wetter draußa isch und dass mr frische Weckla kaufa fahra sott!

Meine Berufslangschläfer hent von dr geschtricha Abmachung nix meh wissa wella. I sei ein Dipfelesscheißer, ein Quärulant, ein Sargnagel und so weiter. Aber wo no oiner von meine beschte Freind zu mir gsa hat, i wär ein uvobesserlicher Wörkoholiker, war für mi dr Schpaß vorbei. So a Sauerei! So ebbes uvoschämts braucht mr sich, wenn mr's ehrlich nur guat gmoint hat, wirklich net gfalla lassa! Erschtens hab i mi an die ausgmachte Schpielregeln ghalta, zweitens sott oiner net mit Fremdwörter um sich schmeißa, von dene er nix voschteht und drittens drink i überhaupt fascht gar nix und wenn, dann nia mehr wia drei Viertela.

Die weitere Urlaubsdäg sind vollkomma harmonisch und ohne größere Blessura rumganga. Mein tiefenpsychologischer Einblick in sieba gequälte Seela hat mi aber zur Erkenntnis komma lassa, dass dr Mensch innadrin ein Untier isch. In gewisse Situationa wird mr zum animalischa Viech. Es heißt jo au net von ungefähr, mr soll koine schlofende Hund wecka...

Aber i bleib drbei: Z'viel Schlof ruiniert s'Gehirnvoluma und dr Prophet gilt heut au im fremda Land nix mehr...

Ruhelos verweilend

Urlaub - endlich Urlaub! Lang ersehnt und endlich greifbar. Ein paar Tage nur und doch wie ein wertvoller Schatz. Ruhe und Erholung, eine willkommene Unterbrechung des rastlosen Alltags.

Und wie auf Bestellung bessert sich das Wetter. Die Sonne zeigt sich von ihrer besten Seite. Wärmende Strahlen, vereinzelte Wolken und mild streichelnder Wind.

Schon Tage zuvor hat sich in mir Erwartung, gepaart mit Zufriedenheit, eingestellt. Jetzt, da die herbei gewünschten Tage da sind, sie direkt vor mir und ich in ihnen liege, gesellt sich noch Dankbarkeit hinzu.

Tage in Ruhe, in Frieden, mit der Frau, mit den Kindern, mit lieben Freunden. Einfach nur freie Zeit, ohne Planung, ohne Programm, ohne selbst auferlegte Zwänge. Einfach nur ohne...

Wie schön ist es doch, alleine oder zu zweit nur in den Himmel, in die ziehenden Wolken zu blicken und in den Tag zu träumen. Im Vorbeiflug des Himmels knüpfen sich lose Gedanken dazwischen. Nur halb angedacht, eingestreut wie die Wolken, die ich im Augenblick betrachte. Gedanken, die sogleich wieder verflogen sind. In mir stellt sich ein Gefühl grenzenloser Freiheit ein. Ich fühle mich beinahe schwerelos, kann loslassen, mich mitziehen lassen. Einfach nur treiben lassen, irgendwohin, wie die Wolken, die jetzt hier sind, sich ständig verändernd und fließend und im nächsten Moment schon aufgelöst ins helle Licht der Sonne eintauchen und vergehen.

Gerne lasse ich mich mitnehmen, werde Teil des Spiels. Mein Geist ist bei den Wolken, schwebt mit ihnen, so leicht und beflügelt. Immer noch bin ich fest auf der Erde und doch so weit weg in einer warmen, Licht durchfluteten ganz anderen Welt.

Jede Sekunde prägt sich in mir ein, drückt ihren dauerhaften Stempel in mich. In der Bewegung des Himmels entsteht für mich ein Gefühl der Größe und der eigenen Winzigkeit zugleich. Ich male mir meine eigenen Bilder zwischen die Wolken, so leicht und fließend wie ein zartes Aquarell - und doch so eindringlich wie kräftiges Azur.

Es sind diese Bilder, diese Farben, diese Stimmungen, die diesen Urlaubstag für mich so bleibend werden lassen.

Eine glückliche, losgelöste Stunde - ja ein ganzer befreiender Tag kann ein Leben lang in meinen Gedanken verweilen. In meinem Inneren - für mich...

Sommer

Die Vögel sitzen zwitschernd in den Zweigen,
sie preisen Gott und seine schöne Welt.
Derweil ein Kater sich
ganz heimlich schleichend
auf Räuberpfoten still dazu gesellt.

Die Vogelwelt pfeift glücklich um die Wette,
das Katzenauge hat sein Ziel entdeckt.
Die erste Sonne wärmt schon das Gefieder,
das Katzentier derweil die Nase leckt.

Der Fink setzt an,
versucht die höchsten Töne,
will jubillieren, oh, welch klarer Tag,
doch mitten in der schönsten Arie
verspürt er plötzlich einen heißen Schlag.

Die Vögel sitzen nicht mehr in den Zweigen,
der Sonnenaufgang wurde jäh vergällt.
Ein Kater leckt zufrieden
sich das Mäulchen,
auch er preist Gott und seine schöne Welt.

Zu gut für diese Welt?

- Wenn'd Wefzga mit Räucherschtäbla votreibsch, d'Schnoka mit Ultraschall vowirrsch und koi Schpinna olanga ko'sch...

- wenn'd Schnecka eisammelsch und se lebich wieder in'd Wiesa hocksch, d'Bohnaläus mit Brennesselbrüah bekämpfsch und koi Mugga dodbatscha ko'sch...

- wenn'd beim Metzla weggugga muasch und no nia ma Has s'Gnick abgschlaga hasch...

...oh Kerle, no ghörsch dr Katz!

dr neue Chorleiter

Alle gugged und sind gschpannt,
dr „Neue“ schtellt sich vor,
der soll, wenn’s recht wird, ab sofort
jetz vorna schteh im Chor.

Wia sieht’r aus, was hat’r o,
voheiert oder ledich,
wo isch’r her, was hat’r druff,
a jeder hat’s do nötich.

Beäugt, gemuschtert, jedes Hoor
vom Kopf bis zu de Schlappa.
Mr will halt net, des isch jo klar,
an so an Trialer dappa.

Kaum hat a jeder guggd und glotzt,
do legt der au scho los:
Gymnaschtik sei von jetz o Pflicht,
dass wackelt Bauch und Hos.

Des Zwerchfell sei ein Schtimmorgan
und daher zu trainiera,
mr müasst am nägschta Morga scho
dr Muskelkater schpüra.

Au s'Schnaufa wär so oifach net,
in Bauch nei und mit Gwalt.
Dr Rotz ziagt's hoch, oi Sauerei,
des war, i glaub, im „Alt".

Mr müasst sich, weiß dr Neue jetz,
befreia und entschpanna,
von unta schtützа obadrei,
des isch zu viel für'd Manna.

Dr erschte Ton entweicht mit Druck -
rücklings und uscheniert.
Dr Chorleiter grinst bloß und moint,
dass er d'Entschpannung schpürt.

Jetz geht's an's Singa, s'wird au Zeit.
Mit „bli - bla - blu" fängt's o.
Tonleitern, Terza, laut und leis,
lass guat sei, Kerle, no.

Grad no oi Liad wird eischtudiert,
bloß halber, scho isch Zeit.
Dia Chorprob war ein harter Kampf,
s'isch aus mit Zeitvertreib.

Im Geha weiß dr Neue no,
dass ihm guat gfalla häb

und dass'r uns, wenn's au net leicht,
scho wieder richta däd.

Dr Chor schteht do, isch müad und gschafft,
net oim fällt no was ei,
total geplättet, fascht wia taub
vor lauter Quälerei.

Die Sehnsucht nach'm alta Chef
keimt hintanach beim Wei.
Mr wünscht sich, was mr jo nia wollt,
dr alte Trott herbei.

Schlussendlich kommt mr auf dr Punkt:
„Mr wird koin Bessra kriaga -
dr Neue hat no Pressluft drin,
den werdet mir scho ziaga!"

Moinsch net au?

- Moinsch du, bloß, weil oi Drittel der Menschheit jeden Dag chinesisch essa geha ko und du net drbei bisch, ging dir‘s schlecht?

- Moinsch du, weil dei Leberwerte wieder mol obanaus gsaut sind, du wärsch schterbenskrank?

- Moinsch du, weil du jeden Dag ins Gschäft geh muasch, du wärsch bschissa dro?

- Moinsch du, weil‘d jedesmol, wenn‘d am Wochaend zum Schifahra uff dr Gletscher raifla willsch und im Schtau schtehsch, dir däd’s liadrich geh?

- Moinsch du, weil’d Kinder hasch, hättsch wenicher vom Leba?

- Moinsch du, weil’d nimme weisch, wia guat dir’s geht, häb‘s Not?

Wenn des so isch, no bauchsch koi Ongscht haba. So wia dir geht's heit viele, des isch ganz normal. So isch's eba!

(Wer merkt scho selber, dass'r an Schofseckel isch)

Schiergar?

Schiergar,
faschd.
beino,
ums Numgugga,
um Hooresbreite,
ganz knapp,
bis uff a Muggaseggele,
schiergar halt.

*

Aber,
schiergar
langt halt
schiergar net...

Wahltaktik

Frieder: Welle wählsch'n du desmol?

Karle: *I weiß no net recht, heit ko'sch doch koin meh wähla!*

Frieder: Des isch gwiss wohr. Alle wella oim bloß in'd Tasch langa und sich dia oiga Tasch drbei vollschtopfa.

Karle: *Genau! Oiner so liadrich wia dr onder. I glaub, i lass desmol s'Wähla bleiba, des hent se no drvo!*

Frieder: Des isch grad vokehrt. Wenn du net wähla gehsch, gibsch automatisch dei Schtimm dene, wo'd net wella dädsch, dass se's kriaga dädet.

Karle: *Ha noi! Wieso denn des? Des isch jo a Sauerei!*

Frieder: So isch's aber in dr Demokratie. Do gibt's nur zweierlei Leit: Do gibt's dia „Vorher-Wähler-und-Hinterher-Goschler“ und dia „Vorher-Nicht-Wähler- und-Hinterher-Goschler.“

Karle: ***Also gibt's bloß „Hinterher-Goschler.“***

Frieder: Ja, aber dia oine hent wenichschtens an Grund drzua.

Karle: ***Mensch Frieder, aber welle soll mr denn wähla? Welle wählsch'n du?***

Frieder: I hab do mei Syschtem. I wähl immer dia, von dene wo'n i s'schönschte Wählergschenkle kriag.

Karle: ***Ach was...***

Frieder: Genau! Aber koin Scheißdreck, gell! S'muass scho ebbes Recht's sei. An Meterschtab, a

Taschamesser oder a Pärle Schaff-Handschuah oder so.

Karle: ***Also - ha ja - wenn des so isch, no wähl i liaber doch net.***

Frieder: Wieso net?

Karle: ***Weisch, i hab beim letschta Mol an subber Kugelschreiber mit CDU-Uffdruck gschenkt kriagt und der isch mr scho nach zwei Wocha voreckt.***

Frieder: Ha no kriagt automatisch d'SPD dei Schtimm!

Karle: ***Wega mir, solle se doch, dia hätt i au desmol gwählt, wenn i wähla däd...***

Frieder: Aha, du wähl'sch also d'Soze?

Karle: ***Ja genau, dene ihr'n Kuli duad no!***

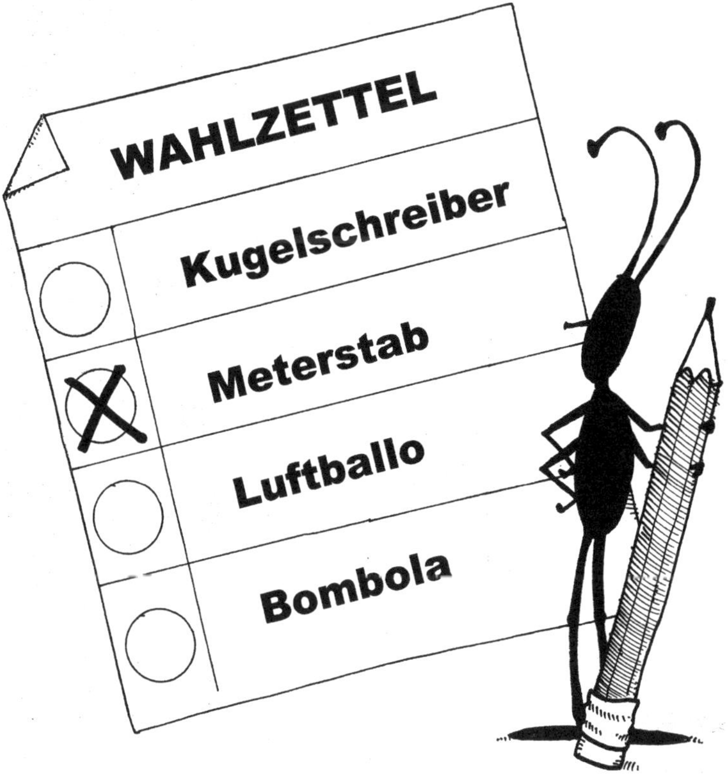
WAHLZETTEL
Kugelschreiber
Meterstab
Luftballo
Bombola

Ring frei...

Wenn mr als Ehemo, d.h. als ausführendes Objekt und Befehlsempfänger sich auf uüberlegte Oweisunga seinra Frau eilässt, isch mr volassa. Eigentlich sottet in so ma Fall sämtliche rote Lämpla in oim uffblinka und mr müasst erscht mol „noi“ - „geht net“ - oder „koi Zeit“ saga. Grad deswega isch mir's au no heit total uvoschtändlich, dass i mi uff so ein brutales Abenteuer eiglassa hab.

Mir denkt's no wia heit, wo mei Frau am Frühschtückstisch im währenda Zeitung lesa zu mir gsa hat: „Du, dr Aldi hat heit an Brotbackautomat in dr Werbung. So oin hab i scho lang wella. Du bisch doch heit drhoim, dädsch mr oin hola?“ Noch bevor i so ebbes wia a oigene Moinung drzua hätt saga könna, kam au scho dr Zusatz: „Geh‘sch aber glei scho vor achte, drmit au jo vornadro bisch. Bei Schnäppla muass mr noremacha und net rumtriala wia sonscht.“

Weil i net glei widerschprocha oder uffbegehrt hab, war's natürlich scho a ausgmachte Sach (für an Mo gibt's oscheinend au koi wichticher‘s

Gschäft, als wia des, was dr Frau grad eifällt). I hab für mi denkt: „So ein Quatsch, was hat'n an Brotbackautomat mit dr Uhrzeit zum do. Heit kriagsch doch überall alles und des zu jeder Uhrzeit. Aber irgendwia war i jetz scho innerlich vousichert und hab's halt so gmacht, wia's mei Frau gwellt hat.

Fünf vor achte hab i beim Aldi an Parkplatz finda wella, aber do war schier koi Durchkomma meh. Also hab i mei Auto ins halbe Parkvobot neibeppt und war leicht irritiert, wo i dr Eigang gsuacht hab. Vor lauter Leit hab i gar koin Eigang gseh. Ohne zu untertreiba, waret do um dia Zeit scho beschtimmt 200 Mutiche uff de Fiaß und hent dr Eigangsbereich belagert ghett. I hab zwar, schlau wia i bin, an Eikaufskärreles-Tschipp eigschteckt ghett, aber dene Fahrzeugla war oifach net beizukomma. Dia Masse aus Leit, Eikaufstascha und mitgschleifte Kinder hat sich wia an gordischa Knota vonoddelt ghett. „Wega mir, no geht's au ohne Karra, do isch mr sowieso viel schlagkräfticher wia mit so ma Riesaglump."

Mein kühner Gedankablitz, dass es mit Vordrängla schneller geha däd, hab i glei uffgeba müassa. Dr Eigang war sozusaga fescht in dr Hand von kampfesluschtiche Weiber aus dr Nähe vom Amazonas. Dr Hochsicherheitstrakt vom Hohaaschperg war an Scheiß drgega. Also hat's „hinta oschtella!!" gheißa und warta, bis endlich Schlag achte die Tür uffgmacht worda isch.

Unter dem nervtötenda Geräusch von knirschend-ächzendem und unter Hochdruck stehendem vozinkta Schtahl, hat sich unter allgemeinem Schmerzensgschrei dia Menscha- und Materialtraube ins Innere von dem Lada zwängt. Grad wia a BSE-voseuchte Kamelherde durch a Nadelöhr. Au i bin neitrieba und neigschuggt worda, doch mein Protescht wega oboxte Fersa hat koin kümmert. Dia Leit waret alle irgendwia net ganz sauber und grad vosessa druff, in dem Lada ihr Geld loszuwerda.

Als Mo und no drzua als oiner, wo net allzu oft zum Eikauf und scho gar net zum Aldi zwunga wird, duad mr sich jetz scho a bissle schwer. Zum oina kennt mr sich net aus, zum ondera schteht mr hilflos in de Gäng rum und zum dritta isch mr a akutes Vokehrshindernis. Wenn i net geischtesgegawärtich gwä wär und uffpasst hätt, hätt i an sellem Dag mindeschtens fünfmol mit dr Ufallchirurgie Bekanntschaft gmacht.

I muass uff a älteres Fraule a weng an bedauernswerta Eidruck gmacht haba, denn uff oimol bin i gfrogt worda: „Gell, sie suachet ebbes und findet nix!“ Normal däd i dia Tatsach nia zuageba, aber i hab meine Prinzipia über dr Haufa gschmissa und gfrogt: „Könnet sie mir saga, wo's dohinna dia Brotbackautomata gibt?“ I bin ein sensibler Mensch und hab des leichte Zucka in de Auga von dem Fraule guat bemerkt. „Des, was sie suachet, findet se do hinta...“, hat se vielsagend zur Antwort geba und mit am Finger in dia befürchtete Ecke zeigt. „Um Himmels Willa und do soll i jetz au no nei?“ Mein ganza Muat hab i zammagnomma und mi todesmutich ins Getümmel gschmissa. Mit roher Gewalt hab i mir an Weg frei kämpft, die Eikaufskärra uff'd Seita gschoba und ohne Rücksicht uff Verluschte d'Ellaboga eigsetzt. Dia blede Brotbackautomata waret oscheinend aber gar net do - also net do, wo i gsuacht hab. S'hat aber welche geba, denn in ma Wägele hab i oin liega seha. Wo i mir des hälinga hab oeigna wella, hätt mir so a ozundene Aldi-Furie

Brotback
Au –
tomat
Schnäpple !!
Brotback
Au –
tomat

schiergar d'Auga auskratzt. „Gehet se gfällichscht selber do nüber und holet sich oin." I hab's Gnick eizoga, mi vielmols entschuldicht, dass des koi Absicht, sondern a Vowechslung gwä sei, doch zum Glück jetz gwisst, wo's dia Apparät gibt.

Endlich war i vor dem begehrta Backautodings gschtanda. Oin oinzicher isch no uff dr Palette gwä und fascht zeitgleich bin i als ernschthafter Brotbackautomatenkonkurrent zu ra eher schwächlich aussehenda Dame ufftreta. Beide hent mir den Automat wella, aber mei Hand war zerscht am Karto. Es hat mi net im geringschta intressiert, dass dia Frau drhoim neba ma Hund no sechs hungriche Kinder zum vohalta ghett hat, au net, dass sie scho seit Wocha uff den Apparat warta däd. Als boggelharter Aldi-Erschtkäufer hat mi au des herzzerreissende Schluchza und dia Träna einer vohungernda Mutter net weich werda lassa. „Wer zuerscht kommt, backt zuerscht!" - „Sie hättet halt bälder uffschteha müassa!" - „Beim Aldi gibt's koi Tschentlemän!" Voll kriegerischem Schtolz bin i mit dem Apparat uff'm Kopf wia ein sudanesischer Wasserträger im Hindernislauf zur Kasse.

Endlich war i wieder draußa in dr Freiheit. Beim Eilada in dr Kofferraum hab i denkt, i seh net recht. Do isch doch oine, beschtimmt so a rotzfreches Discaunt-Mensch, mit zwei Brotbackautomata in ihrem Karra an mir vorbeigfahra. Diese Uvoschämtheit hab i net uff mir sitza lassa könna und hinter dem Weibsbild herbäfft: „Gell, mr ko schtatt Brot au no Kartoffel fressa!!" (Was i do druff zur Antwort kriagt hab, sag i besser net, weil sonscht dia Gschicht nimme jugendfrei bleiba däd.)

Glücklich und einigermaßa gsund hat mei Frau ubegreiflicherweis koi Dankesrede für mi vorbereitet ghett. Noch net mol a paar anerkennende Worte hat se ausgschprocha. Noi, dr schtolze Sieger über Backautomata und sechsfache Mütter isch bloß gfrogt worda, warum er net glei no a Backmischung zum Ausprobiera mitbracht häb. Aber dieser Wunsch isch nia Teil meines Ufftrags gwä und wär au rein orthopädisch mit ra Ribbabrellung und ma eiklemmta Finger net umzusetza gwä!

Und überhaupt! Mei erschter Kampfeisatz beim Aldi wird au mein letschter gwä sei! Dort bringa mi in zehn kalte Winter, so lang i leb koine zehn Gäul mehr nei! Des müasst scho mit'm Deifel zuageh - oder - oder mei Frau braucht mol wieder a Schnäpple...

...deftig!!!

(...angeblich beim Aldi aufgeschnapptes Streitgespräch - oder war's beim Lidl?)

„...also sie, wenn sie mein Mo wäret, no däd i ihna Gift in'd Subba nei!!!"

„...und sie, wenn sie mei Frau wäret, no däd i's essa!!!"

Farbenlehre

Hier zu Lande reich verteilt
sind handwerkliche Könner-Gaben,
es soll, das weiß schon jedes Kind,
das Handwerk gold'nen Boden haben.

Ein jedermann fühlt sich berufen,
zu tun, was er nicht lassen kann
und ohne Kenntnis zu versuchen,
die schwerste Arbeit dann und wann.

Es galt den langen Zimmernagel
geradewegs und ja nicht schräg
in jene harte Wand zu schlagen,
als just der Daumen war im Weg.

Rein physikalisch siegt der Hammer -
der Daumen blau, der Nagel krumm.
Schon folgt ein fürchterlich Gejammer,
vermaledeit und triebeldumm.

So lernt der brave Bürger schmerzlich,
wenn er sein Fachgebiet verlässt,
dass Wissen eine Form von Macht ist
und Können obendrein der Rest.

Der Nagel in der Wand blieb stecken
als Zeichen für den Unverstand.
Der and're indes, ohne Faxen,
war mit den Wochen neu gewachsen,
noch etwas schwarz am ob'ren Rand.

Uzfrieda?

Sie däd dr ganze Dag nix wia schaffa, hat mei Frau gsa. Alloi vier bis fünf Schtund däd se im Büro hocka, drzua dr Haushalt und no dr Garta. Wenn se zamma zähla däd, no däd se uff guat zwölf Schtund am Dag komma.

*

Also, i ko des Gejommer net voschteh. Sie hat doch immer a Halbtagsschtell wella...

Hauptsache günschtich!

(nach einer Vorlage aus dem Hohenlohischen)

Dr Hannesle von Buchafeld
trug bei ein'ra Auktion
für fuffzich Pfennich bares Geld
an Regaschirm davon.

Er bringt'n seinem Weib fidel
und hat profitlich glacht -
die aber secht: „Du alt's Kamel,
was hasch denn wieder bracht?"

„Der Schirm hat Löcher dutzendweis,
s'isch au koi Griff mehr dro
und's Gschtell, des isch wia Besareis -
du bischt ein dummer Mo!"

Dr Hannes moint: „I bin net dumm,
der Schirm isch gar net schlecht,
i hab halt denkt, im Haus herum,
do isch'r scho no recht!"

Wer ander'n eine Grube gräbt...

A Auto isch ein Gebrauchsgegaschtand - sott mr moina. So a Auto isch zum Fahra do, zum Eilada, zum Transportiera, zu was au sonscht. Ja und mit dieser Meinung schteh i so ziemlich alloi. Denn in Wirklichkeit isch a Auto ebbes ganz onders. Bei de meischte Leit isch dr Karra a Schtatussymbol, a Aushängeschild, a Schmuckschtück. Ein schtinknormales Auto wird zum chrom- und metalliclackglänzenda Geldvonichtungsobjekt - uff schwäbisch a „heilichs Blechle". Und weil des so isch, benehmet sich ansonschta normale Leit vollkomma drneba, wenn se sich mol wieder a nei's Auto oschaffet.

So isch's au meim Schwoger ganga, der jo, wia scho bekannt, Wengerter isch. Also der hockt s'ganz Johr uff'm Schmalschpurschlepper oder uff sonscht ma Bulldog droba. Dia Dreckbolla fliaget ihm also für gewöhnlich schtändich um'd Ohra und er müasst doher von Natur aus a bissle Sauerei gwöhnt sei. Doch leider isch diesem heimatschollavobundena Menscha vor ra Weila sein Kombifiat voreckt und durch diesen Verluscht hat sich sei Vohältnis zum Schmutz radikal voändert.

Nach fuffzehn Johr hartem Eisatz für Hund, Familie und Betrieb hat dem sei Auto sein südländischa Geischt uffgeba und d'Ventil nausgschtreckt. Hie isch'r gwä, baschta und aus! Nach dr Schwacke-Lischte hätt'r no 500 Euro für's Vokaufa bringa müassa - also meh wie hie! So ein schwerer Schlag, wenn ein treuer Kamerad nach 180 000 Kilometer urplötzlich von oim geht. Voller Katzajammer hat dia ganze Familie zwei Däg d'Lella ghenkt. Zwei volle Däg der Trauer sind alle ihr Sach von Hand glaufa.

Doch a Auto braucht mr halt, deswega hat au glei a Nei's her müassa. Ein neier gebrauchter Kombikarra, den wo vorher ein Vosicherungsfritze gfahra ghett hat. Der isch koschtamäßich grad neigloffa und weil a ganz nei's Auto bloß zum Vosaua au z'schad gwä wär. Dem Vosicherungmo sei Auto aber war seither carkosmetikgepflegt, ohne oi Schtäuble, durchgsaugt und grad wia frisch aus'm Broschpekt. Dieses neie Fahrzeug war rein äußerlich und vor allem aber innerlich s'grade Gegateil vom voreckta Ackergaul, wo außa grad no dr

Dreck zammaghoba hat und von inna ausgseh hat, wia an schteinzeitlicher Lehmbau.

Eigentlich soweit a feine Sach, wenn net gleichzeitich mit dr Umschtellung uff'n neia fahrbara Untersatz au a geischtiche Voänderung schtattgfunda hätt. Des neie Auto isch nämlich ohne Not mit schwere Sauberkeits- und Pflegeufflaga voseha worda, dia beim alta Karra koi Mensch intressiert hent.

Dia Umschtellung war gewaltich: Im Laderaum waret ab sofort für jedes Familiamitglied a Pärle Hausschuah mitzuführa, da dr neie Kombi fußläufich nur no mit sauberem Schuahwerk betreta werda dürft hat. Von wega mit dreckiche Kleider oifach gschwind neihocka. Vorher guat ausbürschta oder besser ausziaga. Dreckbollavosaute Schaffhosa oder Kittel waret jetz unter Schtrafe gschtellt.

Scho glei am erschta Dag, umittelbar nach'm Zualassa uff'm Landratsamt und am Uffpoliera dr Nummernschilder, isch des Fahrzeug mit Auslegeware rundum vosiegelt worda. Gummimatta,Teppichboda, Foliazuaschnitt, Schonbezüge. Jedes sichtbare Breggele hat'n

Oberflächaschutz erhalta und dr Rescht isch scho mol rein profilaktisch mit Pflegeschpray eibalsamiert worda.

Mei Schwägerin hat sogar a paar alte Socka mit schtabilem Gummizug ufftrieba, damit dr Hund au seine Pfotaschützer ghett hat. Beim neia Auto isch nix meh am Zufall oder de normale Gebrauchsschpura überlassa worda. Noi, des neue Familiamitglied isch heilich gschprocha worda. Dr Hund hat wega akustischer Umweltvoschmutzung im neia Auto scho nimme bella dürfa, so hent se's übertrieba.

Alles hat jetz a bissle länger dauert, s'normale Autofahra war scho vor'em erschta zrückglegta Meter an Hindernislauf. Net oifach so mol gschwind mit ugwäschene Finger an's Lenkrad dappa, noi! Unter jedem Sitz isch a „Wisch-und-Weg-Schpenderbox" glega, a Schpiritusschprühflascha, an Handschtaubsauger und a Mikrofaserbutzläpple. Wenn scho schteril, dann aber bitte keimfrei!

Mein Schwoger und dr Mensch überhaupt neigt in solchen Dingen zum Egschtremismus und der isch so weit ganga, dass des neie

Auto in dr Garasch schteha blieba isch und mr kloinere Entfernunga, weil Zeit schparend, besser zu Fuaß zrückglegt hat. Im Grund waret jo alle drfür, dass des neie Auto au nei bleiba soll, aber s'war halt au koin Museumsgegaschtand und vom reina Sammlerwert her eher zu vonachlässicha.

Dr Mensch isch von Natur aus so lang schtandhaft, wia'n em seine Argumente net ausgehn und er isch am oifachschta mit seine eigene Waffa zu schlaga. Genau - und alle, also Frau, Kinder und Hund, hent nur sehnsüchtich uff den Dag der Erlösung gwartet.

S'hat au koine zwei Wocha dauert, do hab i ein von dr Siluette her mir bekannt vorkommendes Auto mit meim Schwoger hinter'm Lenkrad im Dreck und Schpeck durch dr Ort fahra seh. „Sodele", hab i denkt, „dich kriag i." I hab sofort d'Vofolgung uffgnomma und bin dem Hochglanzfetischista bis hoim in dr Hof nachgfahra, noch bevor'r dia Beweise mit'm Hochdruckreinicher hätt vonichta könna. „Aha, isch d'Schonzeit scho vorbei?", hab i gschtichelt. Der 30 bar Dampfschtrahldüsaschwall isch hoorscharf an meinra frecha Gosch vorbeigschossa, do waret au scho sei Frau und beide Kinder zur Schtell und hent, aus sicherem Abschtand, des durch dr Schlamm zogene Auto triumpfierend beäugt. Mein Schwoger hat schlechte Karta ghett. Er, als Verfechter des Reinlichkeitswahns, hat bloß no um Ausreda kämpfa könna. Er sei ganz aus Voseha in ra feuchta Wiesa schtecka blieba und de Otriebsräder häb's wegam Durchdreha an dr Traktion gfehlt. Ja und am Wengertskolleg sei's beim Helfa rausziaga aus'm Sumpf net viel besser ganga. Im Prinzip sei'r also uschuldich.

Wia au immer, dr Bann war gebrocha. Des neie Auto war ab sofort zum normala Gebrauch freigeba, inklusive Dreck! Endlich!! Alltag hat wieder Alltag sei dürfa, d'Schtaatskarosse hat wieder Kombi gheißa und dr gröbschte Dreck isch wia gwohnt immer vor höhere Feierdäg nausgschüttelt worda. Kurzum: Des Leba war wieder lebenswert!

Vielleicht hat mein Schwoger dene jungfräulich, uvosaute, hochglanzbesitzerschtolze Däg nachtrauert, ko scho sei. Aber was hätt'r macha solla? Wer ins selber gschaufelte Loch neidappt, hat's halt voschissa.

Die kurze und traurige Ballade vom Regawurm

Es kriecht im Garta lang und rund
an Regawurm, no ziemlich gsund.

Er wuahlt und bohrt, des isch sei Leba,
dr Boda durch, so isch des eba.

Uff oimol wia'ner grad so frisst,
hat er an schlechta Dreck vowischt.

Er krümmt sich, windet, wurgst und duat
und ehrlich gsa, s'geht em net guat.

An Scherba hat'r scheint's vowischt,
worauf scho bald sei Licht erlischt.

Was so begann, voll Poesie,
bleibt lang und rund - ansonschta hie.

Wia frisch aus'm Kessel

S'ghört zu de ognehmere Seita im Leba eines Elternpaares, wenn mr zum Tanzschualabschlussball von dr Tochter eiglada wird. Aus Kinder werdet Leit und des isch au bei uns drhoim net onderscht.

Für mi persönlich hat dia Information über den Termin glangt, mehr Gedanka hab i mir um des Thema net gmacht. Doch dia menschliche Welt isch in Männer und Fraua uffteilt und daher voller Unterschiede. Denn bei meinra Frau sind jetz dia Probleme Schlange gschtanda: Welches Kleid soll se oziaga, welche Schuah drzua und welles Handtäschle? Soll se sich a neie Frisur macha lassa?

Also für mi wär die oinzichschte, im Grund entscheidende Frog gwä, ob i noch einigermaßa tanza könnt, aber des war für sie scheint's eher nebasächlich.

Jetz isch's jo au net so, als ob in ihrem Schrank nix drinhänga däd. Doch sie hat gmoint, des sei alles aus dr Mode und so däd sie nirgends uff'n Ball geha. Mir Männer denka do viel realistischer und komma ohne große Überlegung glei zum Entschluss, dass mr für vier oder fünf Schlussballschtunda nix Neies kaufa braucht, weil oim uff d'Schtund grechnet alloi von dr Rendite her d'Freid am Tanza vogeha müasst. „Schtell di doch net so o, i ziag doch au mein alta Ozug o!"

Fraua hent aber an oigena Sinn und i moin als grad, meine bsonders. Die lässt sich in solche Sacha von mir zumeischt nix saga und nimmt au meine Ratschläge nur misstrauisch zur Kenntnis. Demonschtrativ hat se am nägschda Obend im Wohnzimmer a öffentliche Koschtümprobe gmacht, um ihre Töchter und mir zu beweisa, dass se nix Recht's häb. Guat, ihre Kleidla, wo alle scho a paar Johr uff'm Buckel ghett hent, waret vielleicht a bissle eiganga, aber sonscht no ganz passabel. I hab's net ugern, wenn ebbes schtramm sitza duad - i moin bei de Fraua - solang mr no schnaufa ko. Doch do hat jetz mei Frau uffbegehrt: „Ha moinsch denn du, i will rumlaufa wia a frisch abbundene Schinkawurscht?" D'Kinder hent gmoint, mir däd fürs Modische s'gwisse Feingefühl fehla und i däd wieder mol bloß uff dr Geldbeutel gugga.

Kurzum, zwischa meine Fraua isch meine Einzelmeinung zum Untergang beschtimmt gwä.

Trotz mathematisch und monetäter Gültichkeit meiner Berechnunga hent dia Drei jetz beschlossa, dass zum Abschlussball a neies Kleid kauft wird und des mit dr fadascheinicha Begründung, dass oim s'oigene Kind des wert sei müasst! Mit dem Vodreha der Tatsacha und dem Vosuch, mir a schlecht's Gwissa zu macha, isch also entschieda worda, unötich Geld auszugeba. Typische Weiberlogik, do könnt oim als Mo scho s'Licht ausgeh.

Am Schlussballobend isch mei Gattin mit ma wunderschöna neia Kleidle do gschtanda. Schwarz mit a weng Glitzer drin, drzua a rote Federboa, rote Schüahla und a rot's Handtäschle, wo i alles vorher no nia gsch ghctt hab. Grad wia am Laufschteg isch se drher komma und dia große Tochter hat, wo se meine feuchte Auga gseh hat, gschwind „gell Baba, do glotsch" gschtichelt.

I hab beim beschta Willa mei Schakett net zuabrocht und au dr Hosabund hat drei Sicherheitsnodla braucht. Alles Megliche isch

Hochzigs
ozügle

eizoga worda, damit mr sich hat bewega könna, aber den Ball hab i mit Oschtand und Durchhaltevomöga ertraga. I bin au wirklich koin Schpielvoderber gwä, hab mi zu a paar Tänzla zwunga und schtill bei mir denkt, was mr doch manchsmol für an Simpel sei ko. Natürlich hätt i gega zehne au gern ebbes gessa, doch des hab i aus Ongscht vor schprengende Hosanäht liaber bleiba lassa. Meine drei Fraua hent sich's schmecka lassa. Dia hent ganz bewusst net uff'd Preislischte guggt und ordentlich neigschoba.

Während meiner Zwangsdiät hab i innerlich Bilanz zoga, mein eizwängta Ranza sowie dr feschte Appetit von meinra Familie oguggt und denkt: „Ja und so kommt au dr Schpeck uff'd Wurscht..."

Alles umsonscht...

Ein fettes Schwein steht
heut in der Gard'robe,
verkleidet sich gekonnt in feinstes Zwirn.
Mit Schlips und Hut
und netzbestrumpften Füßen
schwillt ganz enorm sein kleines Schweinehirn.

Mit Samt und Seide, fließend in den Hüften,
mit Taft und etwas Spitze obendrein,
versucht das Schwein,
auch unterstützt von Düften,
gesellschaftlich fest anerkannt zu sein.

Den Gang geübt stolziert es durch die Reihen,
die Haltung keck, grad wie ein Mannekähn,
das dicke Hinterteil bedeckt
und sonst gepudert,
ist aus Distanz erstaunlich anzusehn.

Fast wäre die Verwandlung auch gelungen,
doch wendet man sich ab, sagt höflich: „Nein!"
Das Borstenvieh hat alles unternommen
und trotzdem bleibt es irgendwie ein Schwein.

Doch dann beim Essen ist in aller Munde,
mit vollem Teller weiß man ganz genau:
„Das Schwein ist wirklich gut geraten,
ein dreifach Hoch auf diese fette Sau!"

Standpunkte

„Also, dass weisch Jonger, solang du dei Fiaß unter mein Tisch schtrecksch, solang duasch du immer no des, was i sag!!!"

*

„Also, dass du Bscheid weisch Alter, solang i no meine Fiaß unter dein Tisch nunder häng ko'sch du fei z'frieda sei, solang brauchsch scho koin Unterhalt zahla!!"

Die folgende Geschichte ist auf Anregung von Frau Elisabeth Hermann aus Mössingen entstanden. An dieser Stelle unseren herzlichen Dank für diesen Denkanstoß...

Aus Alt mach Neu...

„So deutlich hättsch mr's jetz au net saga braucha", hat mei Frau gmoint, wo i ihra hab a Freid macha wella. I wollt an liebevoller Ehemo sei und hab sie zum 24. Hochzichsdag mit ma Dösle Antifaltacreme beehrt. Des isch mir in dr Drogerie für Fraua im fortgschrittena Alter empfohla worda.

„I will doch bloß, dass du jung aussiehsch und dein frischa Tä (Teint) bhältsch." (Des mit dem Tä hat mir die Vokäufere gschteckt ghett). Die Aussage war oscheinend uüberlegt, denn scho sind bei meinra Frau d'Träna gflossa. „Ja, ja, i weiß genau, du hättsch gern a Jüngere, oine ohne Falta. Des hat mr drvo, wenn mr's ganz Johr schafft und duad, am End isch mr nimme recht."

Ganz ehrlich, i hab net gwisst, wia mir gschieht. Alle meine Beteuerunga, dass i's bloß guat gmoint hab, hent nix gnützt. Dr Dag war gründlich vosaut. Mir Männer wäret ogeblich alle gleich - und die doofe Gsichtsschmiere schuld ama saudumma Schtreit.

„Wie jung hättsch mi denn gern, hä? Selber kaum Hoor uff'm Kopf, aber d'Frau soll rumlaufa wia a Mannekä." „Am beschta gar nix mehr druff saga", hab i denkt. Mit ma Fläschle Bier bin i naus in Garta, weil i im Augablick an Ofall von Atemnot voschpürt hab. Diese Fraua müassa doch in allem, was mr duad, nach ebbes Schlechtem suacha, recht macha ko mr's nia. Dabei isch uff dem Dösle sogar druffgschtanda: Perfektes Anti-Eitsching für die reife Frau ab 40.

Am nägschta Morga hab i uff meim Frühschtücksplatz a klois eigwickelt's Päckle vorgfunda. „Des wird doch wohl koi Vosöhnungs-Gschenkle sei", hab i mi scho gfreut. Wirklich gfreut, weil i mit so ma schpontana Sinneswandel von meinra Frau net grechnet hab. Hätt i aber net solla! Aus dem Päckle isch a Fläschle Hoorfärbemittel „Män in bläck" rauskomma. Mein Gedankaapparat isch uff

Hochtoura glaufa, i hab net gwisst, wia i des Präsent eiordna soll. War des a liabe Uffmerksamkeit oder a bodalose Frechheit? Mir persönlich gfalla meine graue Hoor (weil i koi ondere hab) und mei Frau hat no nia ebbes deswega gsa. Wieso soll i no ausgrechelt jetz mit Färba ofanga?

Für solche Denkprozesse braucht dr Mensch ab 40 Zeit. (Au wenn mir als Schwoba mit 40 gscheit werdet, irgendwo bleibet doch gewisse Lücka übrich). So nach ra Vietelschtund harter Kopfarbeit war mir's klar: Genau so muass sich mei Frau gfühlt haba, wo i ihra dia Antifaltacreme gschenkt hab. Ein Gefühl der Blöße, der Hilflosichkeit, des Ausgeliefertseins, der eigenen Unzulänglichkeit. Also oifach Scheiße - i moin schlecht.

Genussvoll hat mir mei Frau über die ganze Zeit zuaguggt und uff oimol grad nauslacha müassa. Dr eheliche Konfliktknota hat sich in Wohlgefalla uffglöst und beide hent mir über unser Vohalta bloß no schmunzla könna. Je oller - je doller! Mir hent uns beschtimmt a ganze Schtund über's Alter und Älterwerda unterhalta. A richtich guates Geschpräch! Mir waret uns oinich, dass mir Zwei gar nimme zu

Hoor
Farb
Faltacreme
VORHER
NACHER
100% weg!

de ganz junge und übertriebene, dynamische Hopfer zähla wellet. Mit unsere Falta und graue Hoor waret mir zfrieda, vielleicht sogar zfriedener wia dia viele uffpolierte Mode-püppla und Dressmän, wo heit so rumlaufet, dass se sich selber nimme kennet. Noi! Do schteha mir drüber: Uns kann koiner, aber uns kennet alle...

Mei Frau schmiert sich ihr Antifaltacreme jetz mit einer dermaßa Genugtuung ins Gsicht, weil se weiß, dass sie's net braucht und i lass mir meine schwarz-graue Hoor vollends ausgeha und heul kaum noch oim nooch. So wia's isch, isch's guat und uff koin Fall schlechter wia früher.

S'Oinzichschte, was vielleicht früher no besser war: Früher war's Alter no koi Schand...

Die alkoholische Verklärung

Alkohol heißt die Versuchung,
geht mit uns auf Schritt und Tritt.
Der Verführer, der verfluchte -
immer wieder weg damit!

Ganz erstaunlich ist die Fülle,
mit der er uns täglich linkt,
denn verborgen, im Geheimen,
schleicht er in uns, wenn man trinkt.

Zwischen zwei, drei kleinen Bierchen
sind schon fünf Prozent versteckt.
Im Weine gar, wer kann es ahnen,
hat man zwölfe schon entdeckt.

Ungefragt mischt er sich drunter,
ungeniert drängt er sich auf,
keine Skrupel, kein Erbarmen,
Schicksal bahnt sich seinen Lauf.

Zur Hälfte fast, im Zwetschgenwasser,
ist ja gar kein Wasser drin!
Betrug, heimtückisch, hundsgemeiner,
der Feind raubt uns den wachen Sinn.

Böse Folgen hat das Ganze,
wenn dieser Teufel von der Leine,
betrachtet man ganz nüchtern sich
die fahrerlosen Führerscheine.

Dieses Rätsel zu begreifen
war des Säufers letzter Wille,
dass aus Alkohol-Prozenten
wurden plötzlich nur Promille.

*

Sind wir schließlich dann verblichen
folgt noch größerer Verdruss,
denn man legt uns're Organe
als Lehrbeispiel - in Spiritus.

In aller Munde

Jeder, wo moint,
dass'r was z'saga häb -
wegam Schiller,
über dr Schiller
und vom Schiller,
ko's von mir aus do.

Wenn mr scho so a Käpsele ghett hent,
ghört sich des au so.

Jetz mir -
isch im Moment nix eigfalla.

I hab halt denkt,
mr könnt sich au onderscht
und über etliche Viertele
mit ma Schiller befassa.

Am nägschta Morga isch mir's gwä,
als ob der Kerle
mitsamt seinra Glocka
nach zweihundert Johr
in meim Schädel
nei erwacha däd...

Aromatisiert?

Bolizischt:	So, jetz hab i Se vowischt, der Babbadeckel isch weg!
Autofahrer:	***Aber Herr Wachtmeischter, i - i hab doch bloß Tee drunka, net oin Tropfa Alkohol hab i ogregt.***
Bolizischt:	Des hent mr glei, sodele, jetz bloset Se mol schö ins Röhrle nei, so lang, bis i halt sag.
Autofahrer:	***Halt, noi, des braucht's net, machet Se sich koine Umschtänd, i hab doch bloß...***
Bolizischt:	Blosa hab i gsa!
Autofahrer:	***...drei Tässla...***
Bolizischt:	So lang, bis i halt sag!
Autofahrer:	***(tut wie ihm gesagt)***

Bolizischt:	So, jetz, aha, do gugg no! Sie hent doch recht ghett mit'm Tee.
Autofahrer:	***Sag i doch!***
Bolizischt:	Uff meim Apparätle sind genau ois komma acht Kamille...

Farbenblind!

„Grüa isch's gwä - i hab's genau gseh!"

„Noi, gelb war's, dunkelgelb!"

„Scho längscht rot isch's gwä, des weiß i gwiß!"

*

An Scheiß isch's gwä - boggelt hat's!!!

Lichtmangel

Obergeil! - Saugeil!! - Affageil!!! - Alles isch nur noch geil!

Die heitiche Zeit isch an Geilheit nimme zu übertreffa. Mr muass bloß no d'Zeitung uffschlaga oder s'Radio eischalta. Mir lebet in ra geila Welt!!

Jeder schwätzt von der Geilheit, grad weil's dia ondere au so machet. Doch wia bei ra oschteckenda Krankheit weiß bald koiner mehr, wo dr Auslöser drfür ghockt isch. Do derf mr sich doch froga: Was isch denn überhaupt geil?

Die Antwort, welche wissaschaftlich im Lexikon zu finda war, hat mi in meim innera Vodacht beschtärkt. Im „Hai-Schpiid" der moderna Zeita isch dia Geilheit mit uns alle uff und drvo und hat dabei geischtiche Aussetzer voursacht. Es schtand zu lesa:

Geil ➪ *durch Lichtmangel bedingte Missbildung, zumeist einhergehend mit bleicher Verfärbung*

So, des muass mr sich jetz mol geba. Ein pathologisches Krankheitsbild soll ebbes Erschtrebenswertes sei, ebbes, womit sich heit alle brüschta wella. Die allgemeine Volksvoblödung isch scho weit komma, koiner weiß nix Genau's, aber jeder schwätzt mit. Doch diese geischtiche Umnachtung isch jo grad der Geilheitseffekt, worin sich unser Gehirn krankhaft vowindet. Mir könnet scho vor Geilheit nimme grad aus de Auga gugga.

Zum Beischpiel: Geiz isch geil - des heißt in Wirklichkeit: Das Nichtausgeba von Barmitteln geht mit bleicher Verfärbung einher! Ja und genau so isch es! Weil's Geld nimme oschtändich ausgeba wird, geht dr Handel kaputt und dr Herschteller, dr Arbeitsplatz und am End alle. Do ko dann koiner meh a rosiche Gsichtsfarb haba, so geil isch des. Aber oscheinend koi Problem, solangs geil sei so subber isch.

Vor Geilheit gehet mehr und mehr kloine Gschäft ei und dr Mega-Discaunter draußa vor am Ort reibt sich d'Händ. Du brauchsch doch heit für a Gugga Milch s'Auto, weil zu Fuaß koine mehr kriagsch.

Früher isch mr no jeden Dag sogar öfters ins Freie komma, hat sein lebensnotwendicha Bedarf im oina oder ondera Gschäft bsorgt und hat somit, weil mr zwischadurch am natürlicha Licht ausgsetzt war, koi Gelegaheit zum Vogeila ghett. Aber heit geht's vom Sofa ins Auto, vom Auto in Discaunt. Dort wird ohne Hemmunga gschpart und no geht's wieder hoim. Von dr Welt drumrum sieht und hört mr nimme viel. Mir befinda uns als gierich lüschterne Triebschparer wunderbar im Fadakreuz und unter dr eilullenda Dudelmusik von de große Konzern. D'Werbung schaltet unser vor Geilheit blutleeres, d. h. voblödetes Gehirn aus und unsere graue Zella werdet, weil unterbelichtet, uff's Beschte manipuliert. So werda mir zum willicha Opfer und kaufa Zeigs, wo mr normalerweis nia braucha dädet.

Doch Konsumvoweigerung isch prüde, frigide und bloß no ebbes für emotionslose Sesselfurzer. Denn „geil zu sein" isch's Gröschte und extrageile Vobraucherkredit kriagsch du heit fascht umsonscht noochgschmissa. So ko auf Bumb heit jeder Triebsüchtiche sei Konto überziaga uff Geilheit komm raus. Leider geht dene, wo moinet, sie müasstet ihre Grundbedürfnisse uff die Art und Weis potenziera, scho nach kurzer Zeit d'Luft aus. No sind Glotzböbbel groß und d'Geilheit im Arsch...

*

Mit de Dumme treibt mr d'Welt um und alle wellet drbei sei! Doch solang oim a krankhafte Missbildung als höchschte Maxime des menschlicha Volangens vokauft wird, hat der, wo onderscht denkt und handelt, koi Schoas (Chance).

Mir sind doch net blöd - oder doch?

Angenehmer Untergang

Der Tag war schwer, der Körper matt
und selbst der Geist ist müde.
Zur Abendzeit ein Gläschen Wein,
gern von besond're Güte.

Es sinkt der Inhalt und der Kopf,
sogar der Sonne Stand.
Im Untergang erreicht man leicht
ein wohl zufried'nes Land.

Die Sorgen brechen - wunderbar,
kuriert ist alle Not.
Ja, wer nicht mehr zu trinken weiß,
der ist schon längstens tot.

Der Tag war schwer, der Wein war's auch,
doch beides ist bezwungen.
Wer so den Tag beenden darf,
dem ist sein Werk gelungen.

Wia dr Herr, so's Gscherr

Gell, böse Zunga behauptet jo, im Lauf dr Zeit dädet sich Hundehalter und Hund immer ähnlicher werda. Noi, des isch koin Witz, denn i hab selber scho öfters gseh, dass an der Behauptung ebbes dro sei ko. I muass sogar saga, dass mir des in letschter Zeit, also seit i weiß, dass des so isch, total ufffällich ufffällt. Es isch wirklich so!

Du ko'sch bald druff geh. Uff dia Person, wo mit'em Hund herkommt, hat dr Vierboiner tierisch abgfärbt. Was hinter ma Boxer, ma Schäfer, ma Dackel herzoga wird, hat Ähnlichkeit mit dr Zugmaschina. Guggt scho dr Hund treudoof aus dr Wäsch, duad's sei Herrle meischtens au. Schtellt dr Wuffi d'Hoor naus, isch's grad so. Wenn mr sich dia Tatsacha näher betrachtet, isch's schiergar zum Schiaßa, dia Zweiboiner sind zum hinterherlaufenda Schpiegelbild gworda.

Do ziagt a gschtriegeltes Hundle garantiert au a uffdoggeltes Weibsbild hinter sich her und mit ra ausgleierte Tschogginghos kommt meischtens a voschtrubbelte Feld-Wald-und Wiesamischung entlang.

Do könnscht grad vorecka, so glatt isch des. Selbscht dr Charakter schpiegelt sich in dr Wahl dr Hunderasse wieder. Schtellt so ein Zwergpinscher sei Nos recht hoch, guggt oinahalb Meter weiter droba a zweiter Riachkolba schteil in d'Luft. Ob jetz oiner, dem wo sein Hund an alle Grasbuschel noschtrieza will a Konfirmandabläsle hat, weiß i net, aber s'däd mi au net wundern.

Machet sich do wohl dia Hundehalter selber au ihre Gedanka drüber? I däd se jo froga, aber i bin vorsichtich worda, denn meischtens sind se jo nia alloi unterwegs.

Und i hab jo au nur gsa, was halt böse Zunga behauptet. Ihr könnet eure Hundla ruhich an dr Leine lassa! I alloi däd uff so ebbes jo gar net komma, noi, noi. Wenn's nach dem ging, was i do grad gschrieba hab, müasst i mir jo an Rauhhaardackel halta...

3-2-1...keins?

(die neieschte Weihnachtsbrödlesgschicht)

Hent ihr au scho mol ebbes im Internet kauft? I moin ebbes bei so ra Auktion erschteigert? Also am niederglassena Handel vorbei a Möchtegern-Schnäpple gmacht?

Also, i geb's zua, i hab im letschta Johr im „i-bai“ was erschteigern wella und do drmit dr heimische Haussega saumäßich ins Wanka bracht.

S'isch eigentlich wia immer gwä, so kurz vor Weihnachta. Drhoim sind d'Backbüacher uff'm Tisch glega und mein drei viertels Frauahaus-halt hat beratschlagt, was für Brödle dies Johr backa werda sottet. Dass um dia Zeit dr männlich uvoschtändliche Wunsch nach be-wusster Ernährung ughört voschtumma muass, war jo scho klar. Brödla müassat sei! Das isch Bürgerpflicht und Kulturgut, schtaatstragend und uvozichtbar. So hent se halt beschlossa, was se alles backa wellet. Wo's dann aber drum ganga isch, wer's hinterher rein arbeitstechnisch umsetza soll, wer also in d'Küche schteha soll und schaffa, hat sich's Ogaschmo (Engagement) leicht relativiert. Denn eigentlich war zwischa allem ondera Gschäft fürs Backa koi Zeit. Für mi persönlich war der leichte Oflug einer Backblechkrise zu erkenna und der Wunsch nach schneller Problemlösung Triebfeder für meinen schpontana Vorschlag: „Ha, mir könnet doch au unsre Brödla im „i-bai" erschteigern. Do drin gibt's doch nix, was es net gibt und no gibt's ganz bschtimmt au Weihnachtsbrödla!" Meine zündende Idee hat bei meine drei Fraua drhoim schlagartich durchzunda. Dia sind abganga, als hättet se s'Hinterteil obrennt. Zu dritt sind dia uff mi los und hent mi alles gheißa. Ob i noch ganz backa wär, Brödla im „i-bai", so ebbes hirnrissichs! Dia wolltet ehrlich mein Geischteszuschtand überprüfa lassa.

Als Mo muass mr mit solche Reaktiona umgeha könna, Genialität und Wahnsinn lieget eba phäb beinonder. Mit dem schtandhafta Beharra uff meim Eifall, hab i meine weiblich dominierte Reschtfamilie fascht in dr Wahnsinn trieba. Sie dädet nix essa, was se net kennet und vor allem, wenn se net wüsstet, wär's backa häb. Und überhaupt wüsst mr jo net, was in solche gschponnene Brödla alles drin sei. Fingernägel, Rotzböbbela, Hundshoor und was sonscht no alles. Weil des im Internet halt so anonym wär, dädet die im Compjuter koi Händ wäscha, sowieso nur merbalichs Mehl und vowurmte Nüss nehma und schtatt Butter Karraschmiere nei do. Kurzum, mei Familie hat mir ernschthaft unterschtellt, dass i se vogifta wöllt.

I hab se natürlich beruhiga wella, dass i's doch bloß guat gmoint hab, wegem viela Gschäft und weil i so an guater Dinger wär. Händeringend hab i ihne erläutert, dass i bloß zum Probiera halt so zwei bis drei Kilo komma lassa däd. Aber alloi der Gedanke an einen Weihnachtsgebäck-Fremdgang, also an einen Quasi-Ehebruch, war Grund genug, mi als Vobrecher abzuschtempeln. Mir däd's drhoim nimme schmecka! I wär gemein, ja sogar bösartich und däd das Fundament von Ehe und Familie (des oscheinend uff selber backene Brödla schteht) eireißa wella. Oh je, alle mitnonder sind se zu vorweihnachtlicher Hochform uffglaufa, hent sich gegaseitich in eine „i-bai-Brödles-Phobie“ neigschteigert und sind nuffganga wia Silveschterknaller.

ebay

I bin an mein PeZeh gsaut und hab bei meim „Fatal-Brödles-Error" bloß no uff „Abbrecha" drückt, sonscht wäret mit Sicherheit Gegaschtänd gfloga. Alloi mein vorausschauend und fürsorglich geäußerter Wunsch, die fleißiche Bäckerinna durch günschticha und schmackhaften Zukauf zu entlaschta, hat mi zu einem feiga Voräter von mir bisher nicht bekannte Tradiziona gmacht. Mein Gedankablitz isch einem Kapitalvogeha gleichgsetzt worda. Am liabschta hättet se mir dr Schtecker zoga oder sonscht wia d'Feschtplatta glöscht, womeglich gar dr Kraga rumdreht! Ganz ehrlich, wenn mr mit'm Einschtein seine Eifäll so umganga wär, wäret se heit no net uff'm Mond gwä...

Ja und so isch meine treu sorgende Wohltat durch die backfreudich schtreitluschtiche Familie bereits im Keim erschtickt worda. Die Ehre von selbschtbackene Brödla war grundgesetzlich voankert und uvoletzbar.

So sind se dann - alle Jahre wieder - in dr Küche gschtanda aus Tradizio, aus Idealismus oder aus Trotz und hent backa wia dr Weltmeischter. I hab se schaffa lassa, hab die Küche gmieda, in mir uffkochende Bemerkungen fascht sei lassa und uff de frisch backene Brödla mit Absicht hoch bissa. Wo i meine Kampf-Bäckerinna so hab schwitza und schaffa seha im Chaos einer total vo-sauta Küche, hat sich mir innerlich dr Ge-danke uffdrängt, dass se jetz, mittadrin im Schtress, sich nach ugschafft ins Haus glieferte Brödla sehna müasstet.

*

Vielleicht wäret Internet-Weihnachtsbrödla tatsächlich möglich gwä, oifach als wertfrei vorschtellbare Gebäckalternative, wenn dieser Vorschlag net grad von ma Brödles-vozehren-da aber sonscht arbeitsmäßich-nix-drzua-beitragenda Mo komma wär...

A ganz Hälinger...

So an guater Kerle sei er gwä,

sanftmütich und oschtändich,

immer nach de Gebote glebt,

koinra Laus nia ebbes do,

immer für alle s'Beschte wella.

...

Aber heit, wo se sein Hausrat uffglöst hent,
isch a Mausfalla und an Muggabatscher
hintavor komma...

SPAIDER
MÄN

Irgendwann läuft s'Fässle über

Sei Kinder hat'r voschlaga.
Koiner hat sich traut, ebbes z'saga.
Mr will jo koin Händel haba.

Sei Frau isch mit blaue Mol rumglaufa.
Alle hent se gschwiega.
S'wird scho sein Grund ghett haba.

Doch wo ner sein Harro voprügelt hat,
also an echta Reinrassicha
- mit Schtammbaum - gell,
do war's aus mit dr Freindschaft.
Do hat mr'n ozeigt. So ebbes duldet mr net!

Glei zwei Däg schpäter isch der arme Hund in
a Pflegefamilie komma, wo ner's besser hat.

Tierla hent au Rechte!!!

Gefrorene Schätze

Klirrend frostig, eisig kalt,
Kristall bestäubter Winterwald.
Sonne strahlt in tausend Blitzen
bis in aller kleinste Ritzen.

Dick und schwer, doch sanft zugleich
liegt die weiße Daunendecke,
zeichnet alle Linien weich
über Zweige, Strauch und Hecke.

Ab und zu dringt lautes Knacken
durch die Stille an mein Ohr.
Die Kälte hat den Wald ergriffen,
die Bäume schnarchen schwer im Chor.

Vielleicht hat mancher keine Ruhe,
weil er im Traume aufgeschreckt,
wenn sich im klaren Wintermärchen
Freund Rübezahl bald dehnt und streckt.

Fabelwesen ziehen Kreise,
Fantasie ergreift Gestalt,
Spukgeschichten werden wirklich -
geheimnisvoller Winterwald.

Weihnachtlicher Tiefgang

Alles so friedlich,
s'erscht Lichtle brennt -
dr Schpendabrief flattert -
scho isch's Advent.

***

Gmiatlich isch's drinna und
draußa hat's Froscht -
was oin dia Kälte zum Heiza bloß koscht.

***

D'Chrischtbehm wern gschlaga,
mr schmeckt scho dr Schnee,
d'Gäns dehnt no schnattra -
und bald sind se hee.

***

Glühwei und Hutzel, Schtolla und Nüss -
Winterschpeck isch uns au des Johr gewiss.

***

D'Kinder, die holet dr Schlitta scho raus -
manch oiner brunzt sich
a Schleifez ans Haus.

***

A jeder wird schtille,
s'Chrischtkind kommt bald -
dr Chef, der hat heuer
koi Weihnachtsgeld zahlt.

***

S'Kerzalicht schimmert,
z'End geht des Johr -
Weihnachta isch's
und mi friert's an'd Hoor.

An solche Däg

An solche Däg,
wenn's scho morgens nix isch
und d'Nacht au koine war,
weil mei Rheima koi Ruah geba hat
und sich von mir nix saga lassa will...

An solche Däg
könnt i als grad im Nescht liega bleiba,
mi voschtecka, abtaucha, vosinka lassa,
mi zrückziaga wia an Schneck in sei Häusle
und von koim und
niamerds ebbes wissa wella...

An solche Däg,
wo i bloß mei Ruah will und brauch
weiß i genau,
dass mit'm liaga bleiba
au nix besser wird, eher liadricher...

An solche Däg
reiss i mi am Riama, sag zu meim Rheima,
dass es mi am Arsch lecka soll
und schaff ebbes
und wenn's net onderscht geht,
dann eba mit'm Kopf...

ebay

An solche Däg
wunder i mi immer wieder über mi,
was mir alles eifalla duat,
wia weit oin d'Gedanka traga
und mi uff a Blatt Papier kritzla lassa...

Und im währenda Denka und Schreiba
vogisst mr nach ra Weile,
was oim alles weh duad
und dass mr vor a paar Augablick
no gar net hat uffschteha wella...

An solche Däg
moin i als faschd,
müasst grad so sei...

Bisher erschienen:

... **dr Schwobaseckel Band I** ISBN 3-9806999-1-9

... **dr Schwobaseckel Band II**
oder grad wia aus am Leba ISBN 3-9806999-0-0

... **dr Schwobaseckel Band III**
oder so geht's zua im Ländle ISBN 3-9806999-2-7

... **Rotzböbbela**
und andere Kataschtrophen ISBN 3-9806999-3-5

... **Saitawürschtla**
und weitere umegliche Tatsacha ISBN 3-9806999-4-3

... **Betthupferla**
und ondere Kloinigkeita ISBN 3-9806999-5-1

... **Gedanka-Breggela**
Schwäbische Ansichten
und Einsichten ISBN 3-9806999-6-X

... **auf dr Sau naus !**
Schwäbische Volltreffer ISBN 3-9806999-7-8

Zu erhalten im Buchhandel oder direkt beim
Verlag Albeck, Kirchgasse 14, 74223 Flein

Industriekontenrahmen (IKR) – Auszug für den Schulgebrauch

AKTIVA

Anlagevermögen

0 Immaterielle Vermögensgegenstände und Sachanlagen

00 Ausstehende Einlagen
01 Frei
02 Konzessionen, gewerbliche Schutzrechte
03 Geschäfts- oder Firmenwert
04 Frei
05 Grundstücke, grundstücksgleiche Rechte und Bauten
- 0500 Unbebaute Grundstücke
- 0510 Bebaute Grundstücke
- 0530 Betriebsgebäude

06 Frei
07 Technische Anlagen und Maschinen
- 0720 Anlagen und Maschinen der Materialbearbeitung, -verarbeitung
- 0790 Geringwertige Anlagen und Maschinen

08 Andere Anlagen, Betriebs- und Geschäftsausstattung
- 0840 Fuhrpark
- 0860 Büromaschinen, Kommunikationsanlagen (BMKA)
- 0870 Büromöbel und sonstige Geschäftsausstattung (BGA)

09 Geleistete Anzahlungen und Anlagen im Bau

1 Finanzanlagen

10 Frei
11 Frei
12 Frei
13 Beteiligungen
14 Frei
15 Wertpapiere des Anlagevermögens
16 Sonstige Finanzanlagen
17 Frei
18 Frei
19 Frei

Umlaufvermögen

2 Umlaufvermögen und aktive Rechnungsabgrenzung

20 Roh-, Hilfs- und Betriebsstoffe
- 2000 Rohstoffe/Fertigungsmaterial
  - 2001 Bezugskosten
  - 2002 Nachlässe
- 2010 Vorprodukte/Fremdbauteile
  - 2011 Bezugskosten
  - 2012 Nachlässe
- 2020 Hilfsstoffe
  - 2021 Bezugskosten
  - 2022 Nachlässe
- 2030 Betriebsstoffe
  - 2031 Bezugskosten
  - 2032 Nachlässe

21 Unfertige Erzeugnisse
- 2100 Unfertige Erzeugnisse

22 Fertige Erzeugnisse und Waren
- 2200 Fertige Erzeugnisse
- 2280 Waren (Handelswaren)
  - 2281 Bezugskosten
  - 2282 Nachlässe

23 Geleistete Anzahlungen auf Vorräte
24 Forderungen aus Lieferungen und Leistungen
- 2400 Forderungen aus Lieferungen und Leistungen
- 2450 Besitzwechsel
- 2470 Zweifelhafte Forderungen

25 Frei
26 Sonstige Vermögensgegenstände
- 2600 Vorsteuer
- 2640 SV-Vorauszahlungen
- 2690 Sonstige Forderungen

27 Wertpapiere des Umlaufvermögens
28 Flüssige Mittel
- 2800 Guthaben bei Kreditinstituten (Bank)
- 2850 Postbank
- 2880 Kasse

29 Aktive Rechnungsabgrenzung
- 2900 ARA

PASSIVA

3 Eigenkapital und Rückstellungen

30 Eigenkapital
Bei Einzelkaufleuten:
- 3000 Eigenkapital

Bei Personengesellschaften:
- 3000 Kapital Gesellschafter A
- 3010 Kapital Gesellschafter B
- 3070 Kommanditkapital Gesell. C
- 3080 Kommanditkapital Gesell. D

Bei Kapitalgesellschaften:
31 Kapitalrücklage
- 3100 Kapitalrücklage

32 Gewinnrücklagen
- 3210 Gesetzliche Rücklagen
- 3240 Andere Gewinnrücklagen

33 Ergebnisverwendung
- 3310 Jahresergebnis des Vorjahres
- 3350 Bilanzgewinn, Bilanzverlust
- 3390 Ergebnisvortrag auf neue Rechnung

34 Jahresüberschuss/Jahresfehlbetrag
- 3400 Jahresüberschuss/Jahresfehlbetrag

35 Sonderposten mit Rücklageanteil
36 Wertberichtigungen
- 3680 Pauschalwertberichtigungen zu Forderungen

37 Rückstellungen für Pensionen und ähnliche Verpflichtungen
38 Steuerrückstellungen
39 Sonstige Rückstellungen
- 3900 Rückstellungen

4 Verbindlichkeiten und passive Rechnungsabgrenzung

40 Frei
41 Anleihen
42 Verbindlichkeiten gegenüber Kreditinstituten
- 4200 Kurzfristige Bankverbindlichkeiten
- 4250 Langfristige Bankverbindlichkeiten (Darlehen)

43 Erhaltene Anzahlungen auf Bestellungen
44 Verbindlichkeiten aus Lieferungen und Leistungen
- 4400 Verbindlichkeiten aus Lieferungen und Leistungen

45 Wechselverbindlichkeiten (Schuldwechsel)
46 Frei
47 Frei
48 Sonstige Verbindlichkeiten
- 4800 Umsatzsteuer
- 4830 Sonstige Verbindlichkeiten gegenüber Finanzbehörden
- 4840 Verbindlichkeiten gegenüber Sozialversicherungsträgern
- 4870 Verbindlichkeiten aus Dividenden
  - 4871 Verbindlichkeiten aus Tantiemen
- 4890 Sonstige Verbindlichkeiten

49 Passive Rechnungsabgrenzung
- 4900 PRA

ERTRÄGE

5 Erträge

50 Umsatzerlöse
- 5000 Umsatzerlöse für eigene Erzeugnisse
  - 5001 Erlösberichtigungen
- 5050 Umsatzerlöse für andere eigene Leistungen
  - 5051 Erlösberichtigungen

51 Umsatzerlöse für Waren
- 5100 Umsatzerlöse für Waren
  - 5101 Erlösberichtigungen

52 Erhöhung oder Verminderung des Bestandes an unfertigen und fertigen Erzeugnissen
- 5200 Bestandsveränderungen

53 Andere aktivierte Eigenleistungen

54 Sonstige betriebliche Erträge
- 5400 Mieterträge
- 5401 Nebenerlöse aus Vermietung und Verpachtung
- 5410 Sonstige Erlöse (z. B. aus Provisionen oder Anlageabgängen)
- 5420 Eigenverbrauch
  - 5421 Entnahme von Gegenständen
- 5430 Andere sonstige betriebliche Erträge
- 5460 Erträge aus dem Abgang von Vermögensgegenständen
- 5480 Erträge aus der Herabsetzung von Rückstellungen
- 5490 Periodenfremde Erträge

55 Erträge aus Beteiligungen

56 Erträge aus anderen Wertpapieren

57 Sonstige Zinsen und ähnliche Erträge
- 5710 Zinserträge
- 5730 Diskonterträge

58 Außerordentliche Erträge

59 Frei

Anmerkung:

Der IKR weist alle im Lehrbuch verwendeten Konten aus; daneben sind weitere wichtige Konten(gruppen) genannt. Auf spezielle Konten, die das Basiswissen überschreiten, ist der Übersichtlichkeit wegen bewusst verzichtet worden.

AUFWENDUNGEN

6 Betriebliche Aufwendungen

60 Aufwendungen für Roh-, Hilfs- und Betriebsstoffe und für bezogene Waren
- 6000 Aufwendungen für Rohstoffe/Fertigungsmaterial
  - 6001 Bezugskosten
  - 6002 Nachlässe
- 6010 Aufwendungen für Vorprodukte und Fremdbauteile
  - 6011 Bezugskosten
  - 6012 Nachlässe
- 6020 Aufwendungen für Hilfsstoffe
  - 6021 Bezugskosten
  - 6022 Nachlässe
- 6030 Aufwendungen für Betriebsstoffe/Verbrauchswerkzeuge
  - 6031 Bezugskosten
  - 6032 Nachlässe
- 6040 Aufwendungen für Verpackungsmaterial
- 6050 Aufwendungen für Energie
- 6080 Aufwendungen für Waren
  - 6081 Bezugskosten
  - 6082 Nachlässe

61 Aufwendungen für bezogene Leistungen
- 6140 Frachten und Nebenkosten
- 6150 Vertriebsprovision
- 6160 Fremdinstandhaltung
- 6170 sonstige Aufwendungen

62 Löhne
- 6200 Löhne

63 Gehälter
- 6300 Gehälter

64 Soziale Abgaben und Aufwendungen für Altersversorgung und für Unterstützung
- 6400 Arbeitgeberanteil zur Sozialversicherung
- 6420 Beiträge zur Berufsgenossenschaft

65 Abschreibungen
- 6520 Abschreibungen auf Sachanlagen
- 6540 Abschreibungen auf geringwertige Wirtschaftsgüter

66 Sonstige Personalaufwendungen
- 6690 Sonstige Personalaufwendungen

67 Aufwendungen für die Inanspruchnahme von Rechten und Diensten
- 6700 Mieten, Pachten
- 6750 Kosten des Geldverkehrs
- 6770 Rechts- und Beratungskosten

68 Aufwendungen für Kommunikation (Dokumentation, Information, Reisen, Werbung)
- 6800 Büromaterial
- 6810 Zeitungen und Fachliteratur
- 6820 Porto
- 6830 Telekommunikation
- 6850 Reisekosten
- 6860 Bewirtung und Repräsentation
- 6870 Werbung

69 Aufwendungen für Beiträge und Wertkorrekturen
- 6900 Versicherungsbeiträge
- 6920 Beiträge zu Wirtschaftsverbänden und Berufsvertretungen
- 6930 Verluste aus Schadensfällen
- 6940 Sonstige Aufwendungen
- 6950 Abschreibungen auf Forderungen
- 6960 Verluste aus dem Abgang von Vermögensgegenständen
- 6980 Zuführungen zu Rückstellungen für Gewährleistung
- 6990 Periodenfremde Aufwendungen

7 Weitere Aufwendungen

70 Betriebliche Steuern
- 7020 Grundsteuer
- 7030 Kraftfahrzeugsteuer

71 Frei

72 Frei

73 Frei

74 Abschreibungen auf Finanzanlagen und auf Wertpapiere des Umlaufvermögens
- 7400 Abschreibungen auf Finanzanlagen

75 Zinsen und ähnliche Aufwendungen
- 7510 Zinsaufwendungen
- 7530 Diskontaufwendungen

76 Außerordentliche Aufwendungen
- 7600 Außerordentliche Aufwendungen

77 Steuern vom Einkommen und Ertrag
- 7700 Gewerbesteuer
- 7710 Körperschaftsteuer
- 7720 Kapitalertragsteuer

78 Frei

79 Frei

ERGEBNISRECHNUNGEN

8 Ergebnisrechnungen

80 Eröffnung/Abschluss
- 8000 Eröffnungsbilanzkonto
- 8010 Schlussbilanzkonto
- 8020 Gewinn- und Verlustkonto

KOSTEN- U. LEISTUNGSRECHNUNG

9 Kosten- und Leistungsrechnung (KLR)

In der Praxis wird die Kosten- und Leistungsrechnung einschließlich Abgrenzungsrechnung gewöhnlich tabellarisch durchgeführt.